아모르파티

너의 운명을 사랑하라

아모르파티

너의 운명을
사랑하라

이주향 에세이

맥스media

프롤로그

김호중, 디오니소스, 그리고 아모르파티

왜 그는 노래를 부르지 못하고 마이크 잡은 손을 툭, 떨구었던 것일까요? '나'도 의식하지 못했던 아프고 허기진 곳이 '나'도 모르는 사이에 건드려져 목이 멘 것이지요. 사연 있는 곡이라며 눈물을 닦고 그가 하는 짧은 말, "열 살 때 컴퓨터로 이 곡을 듣고 통곡했다"는 것입니다.

〈내 하나의 사람은 가고〉, 명곡입니다. 등이 휠 것 같은 삶의 무게를 아는 자에게. 그런데 세상에, 열 살 때, 그 어린 나이에 '내 하나의 사람은 가고'라니요?

'사람아, 사람아, 내 하나의 사람아, 이 늦은 후회를 너는 아는지.'

열 번도 넘게 그의 노래를, 온 힘을 다해 부르는 노래를 들었습니다. 그를 짓눌렀을 이별의 무게, 삶의 무게가 노래가 된 것이지요. 그는 음악에 혼을 불어넣는 사람, 그리하여 혼신이 된 사람이네요. 혼신이 깃든 노래를 듣고 있으니 봉인되어 있던 감정들이 살아납니다.

사랑하는 사람과 생이별을 한 선한 아이의 그리움이 비탄이 되고, 비탄의 가락에 몸을 싣고 마음을 실으니 비탄이 환희로 변하는 것이지요? 그것이야말로 삶의 연금술 아니겠습니까. 분명히 그는 비탄의 노래를 불렀고, 우리는 비탄의 노래를 들었는데, 마음속에 꽁꽁 묶어두었던 봉인이 풀리면서 한때 나를 옥죄었던 고통의 감정들이 환희의 노래, 삶을 긍정하는 노래로 바뀐 것입니다. 내가 김호중을 '디오니소스' 같다고 느끼는 데는 이유가 있었습니다.

음악의 신 디오니소스를 아시나요? 아모르파티의 아이콘인 디오니소스는 고통의 신입니다. 그를 두고 사람들은 미쳤다고 하지요? 그는 광기의 신답게 고통을 환희로 바꾸는 연금술의 신입니다. 고통을 모르고는 디오니소스가 될 수 없고, 고통을 환희로 바꾸어내지 못해도 디오니소스가 아닙니다.

어린 시절 평범하지 않은 가정사에 치여 찢기고 뜯긴 디오니소스는 그의 영원한 스승 실레노스의 동굴에서 치유의 시간을 가지며 그가 가지고 태어난 신성한 힘을 깨닫는 이방의 신이기도 합니다. 이성 중심의 서양 문명에서는 주목받지 못했던 그가 철학자 니체에 의해 부활되어 바로 '아모르파티운명애'의 아이콘이 된 것입니다.

운명이라는 것이 있습니다. 어찌해볼 수 없는 그것! 불가해한 것! 아무리 머리가 좋아도, 아무리 순발력이 있어도, 덕이 있거나 믿음이 있어도 피해갈 수 없는 그것! 누구에게는 그것이 병이고, 누구에게는 그것이 시대적 상황입니다. 누구에는 그것이 가족이고, 누구에게는 그것이 이별입니다. 사랑하는 사람과 이별해야 하는 운명이나 증오하는 사람과 살아야 하는 운명이 피할 수 없는 고통에 들어가는 것은 이유가 있다고 생각합니다.

아모르파티는 운명애, 운명에 대한 사랑입니다. 아모르파티는 예기치 않게 '나'를 옥죄어오는 운명 속에서 세상을 원망이나 하고 남 탓이나 하는 자에게는 그 모습을 드러내지 않습니다. 아모르파티는 등이 휠 것 같은 삶의 무게 속에서 자기만의 고유한 운명을 발견하고 그 운명을 사랑하게 된 자의 삶의 노래입니다.

누구에게나 살아온 날들의 힘이 살아갈 날들의 힘이 되지 않은 시간이 있습니다. 어디서 어떻게 다시 시작해야 할지 모르는 그 어둠의 시간 말입니다. 그 시간은 도망치고 싶은 운명의 시간이지만 거기서 우연히 우리에게 던져진 그 시간을 통해 내 속에 있는 것들을 들여다보게 되는 이에게 그 우연의 시간은 필연의 시간일 것입니다. 그런 동굴의 시간을 거치며 빛을 보고 꽃을 보게 되는 날, 운명애를 노래합니다.

이 책은 아모르파티, 자기 운명을 사랑한 사람들의 책입니다. 주로 우리가 아는 고전 혹은 고전이 되었거나 되고 있는 영화에서 운명적인 그 남자와 그 여자를 찾았습니다. 〈초원의 빛〉의 버니, 〈폭풍의 언덕〉의 히스클리프, 〈바람과 함께 사라지다〉의 스칼렛 오하라와 멜라니, 〈전쟁과 평화〉의 안드레이와 나타샤 등등. 다큐멘터리 영화 중에도 아모르파티에 어울리는 실존 인물들과 내가 좋아하는 인물들을 담았습니다.

가족들이 옹기종기 모여 앉아 주말의 명화를 보던 시절이 있었습니다. 〈바람과 함께 사라지다〉 〈애수〉 〈닥터 지바고〉 〈초원의 빛〉 〈폭풍의 언덕〉…….

사춘기 이전이었으니 그 영화들을 다 이해했다고 할 수도 없습니다. 아니, 전혀 이해하지 못했다고 하는 편이 낫겠습니다. 〈바람과 함께 사라지다〉 속 매력적인 스칼렛 오하라는 왜 무미건조하기만 한 에슐리에게 목을 맬까. 〈전쟁과 평화〉 속 피에르는 왜 자기 사랑이 나타샤인 것을 모를까. 〈닥터 지바고〉 속 라라의 인생은 왜 저렇게 꼬이기만 할까. 〈폭풍의 언덕〉 속 히스클리프를 사랑한 캐서린은 어찌 유혹에 흔들릴까. 안타깝기만 할 뿐, 이해할 수는 없었습니다. 그런데도 왜 그렇게 열심히 보고 또 보았을까요? 그것이 명작이고 명품이고 고전의 매력입니다. 어떤 장면은 머릿속에 남아 두고두고 곱씹게 되지요.

그런 추억과 함께 시간이 지날수록 떠올리게 되는 것이 있습니다. 그때 그 시절 함께 영화를 보았던 아버지의 눈빛, 어머니의 참견! 재는 왜 저러니, 저러면 안 되는데, 저러다 어떻게 하려고……. 영화 보는 내내 감독이 되어 참견하고 있는 어머니의 말투와 한마디 말도 없이 영화에 집중했던 아버지의 표정이 추억으로 남아서 이제야 사라진 그들의 꿈을 이해하고 그리워하는 쓸쓸한 내 모습을 봅니다.

그러고 보니 인생, 정말 부질없습니다. 한때 그렇게 빛났던 초원의 빛이, 꽃의 영광이 어디로 갔을까요? 화려했던 시절도, 초라했던 시절도, 사랑했던 마음도, 미워했던 마음도 물처럼 흘러갑니다. 과거는 정말 꿈과 같습니다. 과거가 꿈과 다를 바 없다면, 과거가 될 현재도 꿈과 다를 바 없지요? 톨스토이가 말했습니다. 우리 생은 죽음으로 잠을 깨는 긴 꿈인지도 모른다고. 문득문득 묻습니다. 꿈 같은 인생, 남는 것은 무엇일까 하고요.

여운이 긴 애니메이션 〈너의 이름은〉의 주제는 '인연'입니다. 삶의 형태는 바로 그 인연에 의해 만들어집니다. '모여들어 형태를 만들고, 꼬이고, 엉키고, 때로는 돌아오고 때로는 끊어지고, 다시 이어지는' 그 질긴 인연도 지나놓고 보면 꿈과 다를 바가 없습니다. 당신은 꿈처럼 지나간 당신의 경험 속에서 무엇을 보십니까? 과거를 회상하며 '나'로 살았던 그 경험을 이해하며 그 '나'를 향해 등을 토닥이며 웃어줄 수 있다면, 그것이야말로 잘 산 인생이 아닐까요? 아모르파티!

2020년 10월

이주향

차례

1장

청춘을 짓누른 것은 청춘이었으니

그 속에 간직된
오묘한 힘을 찾을지니

화려했던 시절도, 초라했던 시절도, 사랑했던 마음도, 미워했던 마음도 물처럼 흘러갑니다. 과거는 정말 꿈과 같습니다. 과거가 꿈과 다를 바 없다면 과거가 될 현재도 꿈과 다를 바 없는 것이지요? 톨스토이가 말했습니다. 우리 생은 죽음으로 잠을 깨는 긴 꿈인지도 모른다고. 문득문득 묻습니다. 꿈 같은 인생, 남는 것은 무엇일까, 하고.

얼마 전 우연히 1920년대 미국을 배경으로 한 고전 영화 〈초원의 빛〉을 보았습니다. 젊은 날에는 그 영화가 그리 좋은 영화인

줄 몰랐습니다. 그저 가부장적이고 청교도적인 윤리에 희생된 젊은 날의 초상이라고만 생각했습니다. 사랑하면서 온전히 함께할 수 없음에 괴로워하는 남자와 결혼 전에는 연인과 함께 밤을 보낼 수 없는 여인의 성적 억압이 어떤 파장을 불러오는지를 보여주는 영화라고만 생각했던 것이지요. 그런데 이 영화를 슬픈 영화로 기억하고 있는 것은 마지막 장면의 쓸쓸함이 강렬했기 때문이었습니다. 허열虛熱과도 같은 사랑이 지나간 자리에서 자기 자리를 지키며 재회하는 사랑하는 남녀의 잔상이 너무나 인상적인 데다 거기 입혀진 워즈워스의 《초원의 빛》이 매혹적이어서 언젠가는 그 영화를 찬찬히 다시 보고 싶었습니다.

"초원의 빛이여, 꽃의 영광이여, 그것이 돌아오지 않음을 서러워하지 마라!"

내가 기억하고 있었던 것은 바로 이 문장이었는데, 이번에 다시 보니 그다음 대사가 확 들어오네요.

"그 속에 간직된 오묘한 힘을 찾을지니."

고등학교 동창인 디니와 버드는 서로 사랑하는 사이입니다. 매

* 엘리아 카잔 감독의 〈초원의 빛Splendor in the Grass〉, 1961.

일매일 붙어다니는 두 사람은 보고 있어도 보고 싶은 연인입니다. 그런데 키스밖에 할 수 없는 것이 괴로운 버드와 청교도적 윤리 속에서 청순한 디니는 빛이고 영광이었던 사랑이 괴로움이 되고 어두움이 되는 것을 경험해야 했습니다.

나이가 시선을 바꾸지요? 예전에 보지 못했던 장면이 몇 있었는데, 그중 하나가 그전에는 잔상으로도 남아 있지 않았던 버드의 누나였습니다. 그녀는 청교도적 윤리가 엄혹했던 마을에서 한때의 사랑이 '방탕'이 되어 '쉬운 여자' 취급을 받고 있었습니다. 뭇 남자들의 성희롱 대상이 될 뿐 존중받지 못하는 그녀가 악에 받쳐 한 일은 무엇이었을까요? 그녀는 자신을 그렇게 취급하는 세상에 대해 냉소와 자포자기로 저항하다 자동차 사고로 세상을 떠납니다. 무서운 세상이었지요?

또 다른 포인트는 디니와 버드의 부모입니다. 그전에도 그 부모들을 보았을 텐데 어쩌면 그리 새로울 수 있는지요. 자식 교육에 모든 것을 쏟아붓는 그들은 자식의 삶이 자기의 삶이 되는 우리 시대의 부모 같았습니다. 누구보다도 인상적인 것은 버드의 아버지입니다. 그는 아들을 이해하려 들지 않고 자기가 정한 기준만을 요구하며 아들을 압박하는 이 땅의 많은 아버지를 빼다박았습니다. 아들은 숨이 막히는데 그럴수록 더 조급해져서 아들의 속표정

당신은 아들을 이해하고 아들에 공감하고
아들을 믿는 아버지입니까, 아니면
당신의 기대에 맞추어 아들이 자라주기를 바라다
때때로 아들을 윽박지르고 몰아붙이는,
공감은 전혀 하지 못하면서
자식을 사랑해서 자식을 위해 돈을 버는데
자식들이 나를 쓸쓸하게 한다고 믿는
집착의 아버지입니까?

조지 프레드릭 왓츠, <희망>

은 아랑곳없이 밀어붙이는 아버지는 아들의 울타리가 아니라 벽이지요? 심하면 절벽입니다.

당신은 아들을 이해하고 아들에 공감하고 아들을 믿는 아버지입니까, 아니면 당신의 기대에 맞추어 아들이 자라주기를 바라다 때때로 아들을 윽박지르고 몰아붙이는, 전혀 공감하지 못하면서 자식을 사랑해서 자식을 위해 돈을 버는데 자식들이 나를 쓸쓸하게 한다고 믿는 집착의 아버지입니까?

버드의 아버지는 계속 예일대학을 고집하고, 디니의 어머니는 계속 바른 몸가짐을 강조합니다. 결국 농부가 되어 디니와 살고 싶은 버드의 꿈은 명문 예일대학에 입학해 도시로 나가 멋지게 살기를 바라는 아버지로 인해 깊은 좌절을 맛보고, 청교도적 윤리를 벗어나면 주홍글씨를 입혔던 시절은 버드와 살고 싶은 디니의 꿈을 정신병원에 가둡니다.

모두들 좋은 아버지, 좋은 어머니면 좋겠지만 그러기란 쉽지 않지요. 우리 모두 좋은 인격을 갖춘 상태에서 부모가 되는 것은 아닐 테니까요. 하지만 아버지 때문에 괴롭고 어머니를 이기지 못해 괴롭다 해도 삶은 고스란히 '나'의 몫이어서, 그 괴로움을 부모 탓으로 돌리거나 사회 탓으로 돌리는 이는 결국 자기 삶을 살지 못하는 법입니다. 더 이상 부모를 탓하지 않는 것이 어른이 되는 시작이니까요.

부모 탓하지 않는 시기를 지나 보면 알지요? 청춘을 짓눌렀던 것은 바로 청춘이었음을. 사랑하고 괴로워하며 열정을 앓던 시절의 청춘의 빛, 빛의 영광, 영광의 소멸, 소멸 뒤에 남는 것까지 나탈리 우드가 분했던 디니의 독백처럼, 젊은 날의 사랑은 우리를 휘몰아치는 소나기 같은 것이었는지도 모릅니다.

자신을 삼켰던 열정의 시기를 지나 평온해진 상태에서 디니는 버드 아닌 다른 사람과 결혼을 결심합니다. 디니를 돌보아주었던 정신과 의사가 그를 사랑하냐고 묻자, 디니는 버드에게 느꼈던 감정과는 다르지만, 사랑이라고 합니다. 그때 의사가 다시 묻습니다. 고향으로 돌아가면 버드를 볼 수 있겠느냐고. 디니가 모르겠다며 머뭇거리자, 다른 사람과 결혼해서 행복해지고 싶다면 그 사람에 관한 감정을 어느 정도 정리해야만 한다고, 두려움에 당당히 맞서라고 조언해줍니다. 참 좋은 의사이자, 참 좋은 관계입니다.

그런데 어떻게 당당히 맞설 수 있지요? 초원의 빛이고, 꽃의 영광이었던 그를 잃어버린 아픔을 심장이 기억해서 그만 보면 자꾸 그 시절로 되돌아가려고 하는데, 이제는 자기도, 그도 돌이킬 수 없는 곳에 서 있다는 것을 어떻게 인정할 수 있을까요? 그래서 과거에 발목 잡히는 것이지요? 언제나 내 발목을 잡는 것은 내 과거이고, 그 과거에 사로잡혀 있는 나 자신입니다.

소화하지 못해 흘러가지 못하고 체증으로 남아 있는 시절과 대면해야 하는 때가 옵니다. 디니에게 버드처럼, 버드에게 디니처럼. 대면은 그 시절 혹은 그 사람을 다시 회복하기 위해서가 아닙니다. 그 시절을, 그 사람을 잘 떠나보내기 위해서입니다.

잘못한 것도 없이 내 사랑이, 내 가치가, 그리고 바로 내 존재가 존중받지 못하고 존재가 죄인 양 안절부절못하거나 존중받기 위해 기를 써야만 했던 시절은 없었는지요? 살면서 잃어버린 것, 누리지 못한 것들을 기억하고 애도하면서 그를, 혹은 그 시절을 잘 떠나보내야 합니다. 그래야 내가 거기서 누렸던 것, 배웠던 것에 진심으로 감사할 수 있고, 괴롭고 아파서 소화하지 못했던 경험을 통해 한 뼘 더 자란 나를 긍정할 수 있습니다. 그래야 과거에 끌려다니지 않고 현재를 살 수 있습니다. 그것이 초원의 빛, 꽃의 영광이 남긴 오묘한 힘을 이해하는 것이겠지요?

초원의 빛이여, 꽃의 영광이여,
그것이 돌아오지 않음을 서러워하지 마라!
그 속에 간직된 오묘한 힘을 찾을지니.

그가 사라진다면
우주가 낯설 거야!

제대로 발현된 열정은 우리를 살맛나게 하지만 제대로 숨 쉬지 못하는 열정은 우리를 시들게 하고 병들게 합니다. 빛났던 시간의 그림자와 대면하게 해준 작품이 〈초원의 빛〉이었다면, 빛났던 시간의 그림자에 사로잡힌 병든 영혼의 춤을 그린 작품은 〈폭풍의 언덕〉입니다.

그런데 폭풍의 언덕 위 언쇼가의 여주인은 누구일까요? 희한하

* 윌리엄 와일러 감독의 〈폭풍의 언덕Wuthering Heights〉, 1939.

지요? 캐서린과 힌들리의 어머니가 있었을 텐데 작품에는 그 존재감이 거의 없습니다. 아버지가 불쌍한 고아를 집으로 데려와 키울 만큼 따뜻하고 여유 있는 사람이라 해도 어머니의 존재감이 없다는 것은 중요한 상징이지요? 바로 여성성의 부재입니다. 왜 언쇼가의 아들 힌들리가 히스클리프를 향한 질투와 증오를 소화해내지 못하고 언덕 위의 바람을 그대로 맞아야 했는지 이해되는 대목입니다. 바로 그를 감싸 안아주는 품이 없었기 때문입니다. 여성성의 부재가 만들어내는 채워지지 않는 허기가 있습니다. 그 허기에 시달리는 영혼이 추게 되는 비극의 춤이 바로 〈폭풍의 언덕〉의 주제 아닐까요?

〈폭풍의 언덕〉의 주인공은 역시 히스클리프입니다. 부모 없이 떠도는 아이였던 그는 언쇼의 배려로 어느 날부터 바람 부는 언덕에서 살게 되고, 언쇼의 딸 캐서린을 만나 둘도 없는 친구가 됩니다. 두 사람은 말을 타거나 뛰거나 함께 언덕을 누비고, 함께 놀고, 함께 상상하면서 사랑이라 이름 붙일 필요도 없는 사랑을 합니다.

기쁠 때나 슬플 때나 심심할 때나 기분 전환이 필요할 때, 그들이 가서 노는 큰 바위 언덕이 있습니다. 세상에서 그들은 평범한 소녀이고 평범하지도 못한 소년이지만, 거기서 그들은 왕자이고 공주입니다. 캐서린이 말합니다.

"네가 얼마나 멋있는지 모르지? 너의 아버지는 중국의 황제, 너의 어머니는 인도의 여왕, 너는 나쁜 뱃사람에게 납치되어 영국으로 흘러들어온 왕자야. 저기 너를 기다리는 아름다운 성이 있어!"

멋쩍은 히스클리프가 저건 그냥 바위라고 대답하자 소녀가 진지하게 대꾸합니다.

"만약 저곳이 바위로밖에 보이지 않는다면 너는 절대로 왕자가 될 수 없어!"

캐서린, 참 당차고 현명한 소녀지요? 규율이 되는 도덕도, 매너도, 관심 어린 시선도, 체계적인 교육도 받아본 적 없는 히스클리프와 함께 거친 자연을 누비는 캐서린은 자연에서 배우는 히스클리프에게 은유를 가르쳐준 멋진 문학 선생님입니다. 서로를 의지하며 서로의 세상이 된 두 사람에게는 아무도 침해할 수 없는 소중한 영역이 있습니다.

사람은 대부분 자기를 따라다니는 집안이나 직업이나 부나 명예에 의해 자아 팽창이 이루어지거나 기가 죽습니다. 그런 껍데기 자아는 속살을 보호하려면 어쩔 수 없지만, 그것밖에 없다면 상식과 편견이 사는 것이지 자기가 사는 것이라고 할 수 없지요? 껍데기를 소홀히 하지 않으면서도 아무도 침해할 수 없는 자기만의 소중한 영역이 있고, 거기서 누구도 망가뜨릴 수 없는 소중한 꿈을 꾸는 사람만이 상식을 넘어 자기 삶을 살 수 있으니까요.

바람 부는 언덕 위의 집에서 외로웠던 히스클리프는 자유로운 캐서린과 함께여서 좋았지만 히스클리프가 좋아진 만큼 모질어진 소년이 있습니다. 바로 캐서린의 오빠 힌들리입니다. 내 젊은 날 그는 연민조차 생기지 않는 찌질남이었는데, 이젠 이해가 잘 되네요. 엄마 없이 자란 그가 이번에는 굴러들어온 돌에게 하나밖에 없는 누나를 빼앗겼으니 생각이 깊어질 새가 없었던 어린아이가 얼마나 상처를 입었겠습니까.

병든 아버지가 세상을 떠나고 힌들리는 가장이 됩니다. 가장이 된 그가 제일 먼저 한 일은 히스클리프를 가족이 아닌 하인으로 격하시킨 일이었습니다. 히스클리프를 향한 질투와 증오를 힘으로 표출한 것이지요. 히스클리프는 힌들리에게 모욕당하며 허드렛일이나 하는 하인이 되었습니다. 그 나이에 받아야 할 교육도, 익혀야 할 매너도 배우지 못한 채 집에서 마구 기르는 짐승 취급을 받으면서도 히스클리프가 그 집을 떠나지 못하는 이유는 단 하나, 캐서린 때문입니다.

히스클리프에게 캐서린은 단순한 연인이 아닙니다. 그에게 캐서린은 살아온 이유이자 살아갈 이유였습니다. 어쩌면 그 누구로

조지 클라우슨, 〈들판의 여름〉

"왜 당신은 나를 멀리했소?
왜 당신은 자기 마음을 배반한 거지?
어떤 말도 나에게는 위로가 안 돼!
당신은 이런 꼴을 당해 마땅해.
당신이 당신 마음을 죽인 거니까.
당신은 나를 사랑했소. 그런데 무슨 권리로 나를 버렸지?
불행도 타락도 신도 악마도 우리를 떼어놓을 수 없었는데.
내가 살고 싶은 줄 아시오?
나는 건강한 만큼 불행하오!"

부터도 존중받아본 적 없는 외로운 그에게 늘 곁을 지키며 좋은 친구가 되어준 명랑한 캐서린이 가을 햇살처럼 스미고 가을바람처럼 감기게 된 것은 당연해 보입니다. 그들의 사랑이 마음 담을 노력 없이 마음이 담기고 의지를 낼 필요도 없이 지향성이 생기는 거침없는 사랑이 된 것은 자연스럽습니다.

그것은 어린 시절, 소녀 시절을 몽땅 함께 보내며 둘만의 세계를 일구어온 캐서린에게도 마찬가지였습니다. 그녀의 이 고백을 기억하십니까?

"만일 모든 것이 없어져도 그가 살아 있다면 나는 살아갈 거야. 하지만 모든 것이 남고 그가 사라진다면 이 우주는 아주 낯설어질 거야."

그랬던 캐서린이 전부를 걸고 전부를 요구한 가난한 히스클리프의 사랑을 외면하고 너그럽고 부유한 신사 린튼과 데이트를 시작한 것입니다. 히스클리프의 관점에서는 배신이었겠지요? 히스클리프는 에드거의 조건에 혹해 자기를 부담스러워 한 캐서린의 배신에 이를 악물고 떠납니다. 히스클리프가 사라진 시간, 캐서린은 에드거와 결혼하지만, 사랑을 잃어버린 캐서린은 시름시름 죽어갑니다. 결국 히스클리프는 부자가 되어 돌아오지만, 세상에, 복수의 화신이 되었습니다. 돌아온 히스클리프가 죽어가는 캐서린에게 쏟아놓은 사랑의 말들은 〈폭풍의 언덕〉의 절정입니다.

"왜 당신은 나를 멀리했소? 왜 당신은 자기 마음을 배반한 거지? 어떤 말도 나에게는 위로가 안 돼! 당신은 이런 꼴을 당해 마땅해. 당신이 당신 마음을 죽인 거니까……. 당신은 나를 사랑했소. 그런데 무슨 권리로 나를 버렸지? 불행도 타락도 신도 악마도 우리를 떼어놓을 수 없었는데……. 내가 살고 싶은 줄 아시오? 나는 건강한 만큼 불행하오!"

전부를 걸고 전부를 요구한 사랑, 무섭지 않나요? "나는 건강한 만큼 불행하오"라는 히스클리프의 진실, 그것은 탈대로 타지 못한 열정의 말이지요?

탈대로 다 타지 못한 열정이 있습니까? 모든 것이 변하는데, 변화를 따라 흘러가지도 못하고 넘어가지도 못하는 시간, 그래서 나이가 드는데도 멈추어 있는 시간 말입니다. 캐서린이 죽고 나서 아무리 나이 들어도 성숙하지 못하는 히스클리프의 시간처럼. 그의 시간은 캐서린의 죽음에서 멈추어 있습니다.

만나지도 못하고 망각하지도 못하는 사랑의 고통이 사랑의 결과가 아니라 집착의 결과라고 해도 어찌할까요? 충분히 애착의 시간을 누리지 못한 집착이 삶을 파괴하는 것은 멈출 수 없으니.

다시,
바람과 함께 사라지다

고전 영화 〈바람과 함께 사라지다〉가 요즘 고전을 면치 못하네요. 흑백 갈등과 관련하여 흑인 비하적 요소 때문인데, 미국 사회에서 인종 차별이 얼마나 심각한지 다시 한 번 깨닫게 되네요. '사람 위에 사람 없다'는 것은 가장 단순한 진리인데, 어쩔까요, 문제는 진리를 비껴가는 사람인데.

오랜만에, 정말 오랜만에 고전 영화 〈바람과 함께 사라지다〉를

* 빅터 플레밍 감독의 〈바람과 함께 사라지다Gone with the Wind〉, 1939.

보았습니다. '어머, 저게 저런 영화였어?' 마치 새로운 영화를 본 것 같은 기분이 드는 것은 영화가 달라진 것이 아니라 내가 달라진 것이겠지요? 청춘이 지나간 것입니다. 열정을 사랑했지만, 열정에 시달리기도 했던 청춘이.

오랫동안 젊었던 우리는 종종 청춘이 지나갔음을 잊습니다. 지나간 청춘이 허무할 때도 있고, 그리울 때도 있고, 다행일 때도 있습니다. 청춘을 지나오면서 잃어버린 것도 많지만, 잃어버렸다고 생각되는 그것이 영원히 쥘 수 있는 것이 없음을 알려주는 스승 같기도 합니다.

나이 들어 본 〈바람과 함께 사라지다〉에서는 젊은 날 홀린 듯 몰입했던 스칼렛 오하라가 그리 끌리지 않네요. 물론 그녀는 분명히 매력적입니다. 아버지가 사랑했던 아버지의 딸로서, 아버지의 후계자로서 목숨 걸고 타라를 지켜가는 그녀에게는 생존이 법입니다. 아버지는 전쟁 중에 미쳤고, 세금 낼 돈은 없고, 그들의 삶의 터전인 붉은 땅 타라는 끈덕지게 넘보는 이들의 손에 넘어갈지도 모릅니다. 그런 상황에서 그녀의 생존력은 타라를 지킨 독보적 힘입니다. 오히려 여신급인 그녀의 미모가 그녀 인생을 평가 절하하는 걸림돌이었겠다 싶기도 합니다.

그런데 생존이 법인 사람들은 극성맞지요? 언제 어디서나 극성맞게 존재 증명을 하는 그녀의 강한 성격이 이제는 부담스럽습니다. 그러고 나니 여신급 미녀 비비안 리가 분했던 스칼렛보다 덕스러운 멜라니가 훨씬 아름답게 느껴지네요.

궁금한 것이 있었습니다. 왜 모든 남자가 빠지는 스칼렛이 자기 좋다는 사람들은 거들떠보지도 않고 멜라니와 결혼하겠다는, 언뜻 평범해 보이는 남자 애슐리만 좋다고 하는 것일까였습니다. 누구보다도 딸을 잘 아는 아버지가 애슐리의 결혼을 방해하려는 스칼렛에게, 심술부리지 말라고, 너는 그와 행복할 수 없다고 합니다. 아버지가 잘 보았습니다. 도덕과 관습의 경계를 넘어설 수 없는 모범생인 애슐리는 절대로 자기중심적인 스칼렛을 이해할 수 없을 테니까요.

그런데 스칼렛은 모난 곳 없는 멜라니를 선택해서 잘 살고 있는 남부 신사 애슐리에게 왜 그리도 집착하는 걸까요? 왜 애슐리 주변에서 얼쩡대다가 진정 사랑해야 하는 사람에 대해서는 무관심한 채 감정을 낭비하며, 삶을 낭비하며 살아가고 있는 것이지요? 젊은 날 도무지 이해할 수 없었던 부분이었는데, 이제는 이해가 되네요.

그런 유형이 있습니다. 누구든 자기만을 좋아하고 사랑해야 한

왜 스칼렛은 모난 곳 없는 멜라니를 선택해서
잘 살고 있는 남부 신사 애슐리에게
그리도 집착하는 것일까요?
왜 애슐리 주변에서 얼쩡대다가
진정 사랑해야 하는 사람에 대해서는 무관심한 채
감정을 낭비하며,
삶을 낭비하며 살아가고 있는 것이지요?

제임스 티소, 〈HMS 캘커타 호에서〉

디에고 벨라스케스, 〈거울을 보는 아프로디테〉

다고 믿는 나르시시스트! 자기 아닌 누군가에서 눈을 주고 마음을 주는 꼴을 보지 못하는! 바로 아프로디테 원형에 사로잡혀 사는 사람들입니다. 미의 여신 아프로디테는 늘 거울을 가지고 다닙니다. 혹 벨라스케스가 그린 〈거울을 보는 아프로디테〉라는 그림을 아십니까? 그림 속 아프로디테는 에로스가 들고 있는 거울을 보고 있습니다. 그런데 그녀의 거울은 자기를 보는 것이 아니라 자기를 보는 사람을 보고 있습니다. 원초적 욕망을 상징하는 아프로디테를 잘 표현하고 있는 그림입니다.

아프로디테의 원형에 사로잡힌 사람들은 자기를 보고 감탄하고 사랑에 빠져 허우적대는 이성에 익숙하고 또 그런 상황을 즐깁니다. 그런데 이상하지요? 그런 사람일수록 쉽게 자기에게 넘어오는 이성에게는 흥미가 없으니. 그들의 흥미는 자기에게 넘어오지 않는 사람입니다. 단지 그런 이유로 그 사람에게 묶여 있는 그들은 그래서 진정 사랑하고 있는 것을 깨닫지 못해 생이 꼬이기 쉽습니다. 자기를 바라보고 이해하고 감싸 안으려는 버트를 사랑하지 못하고 다른 사람과의 삶을 꾸리고 있는 애슐리에게 집착하는 스칼렛처럼!

멜라니가 죽자 멜라니 없이 어떻게 살지 모르겠다고 눈물 흘리는 애슐리를 보고 스칼렛이 각성하며 하는 말이 있습니다. "멜라니가 죽고 나서야 애슐리에게 내가 아무것도 아니었다는 것을 깨닫다니, 나는 존재하지도 않은 것을 사랑했구나."

미국의 남북 전쟁이 배경인 〈바람과 함께 사라지다〉에서 스칼렛 오하라만큼이나 비중 있는 인물이 바로 멜라니 해밀튼입니다. 젊은 날 '저 애는 왜 저리 착해 빠졌나' 했던 멜라니에게 이제는 눈길이 가고 마음이 갑니다. 멜라니의 발견에 나도 놀랐습니다.

전장으로 나간 남편을 기다리는 그녀의 공간은 늘 상처 입은 자들로 가득합니다. 전장에서 다친 사람은 싸매주고, 배고픈 사람에게는 먹을 것을 주고, 길을 잃은 사람에게는 쉼터가 되어주는 그녀를 보고 스칼렛이 쏘아붙입니다. 자기는 먹고살기 위해 노예처럼 일하는데, 그렇게 굶주린 허수아비들에게 동냥이냐 하니 사람들이 메뚜기처럼 모여들잖냐고. 멜라니는 싫은 내색 없이 온화하게 이렇게 이야기하며 스칼렛의 이해를 구합니다. '어느 북부 여인이 포로가 된 애슐리를 대접할 수 있고, 그 힘으로 그가 돌아올 수도 있는 것 아니겠냐'고. 그녀의 눈에는 어쩔 수 없이 전쟁에 참여한 사람들이 모두 애슐리로 보였던 것이지요. 사랑은 그런 행위입니다.

멜라니에게는 사랑이 모든 고정 관념과 편견을 녹이고 있습니다. 모든 이들이 손가락질하는 유곽 여인의 도움을 받아 애슐리가 체포되지 않을 수 있게 되자, 그녀는 진심으로 그 여인에게 감사의 표현을 합니다. 왕따와 경계에 익숙해 있는 여인이 멜라니를 위해 "길거리에서 마주쳐도 아는 척 하지 마세요. 이해할 테니"라고 말하자 멜라니는 여인의 손을 잡고 이렇게 말합니다. "남편을 구해준 분에게 감사의 표현도 못 하나요? 당신에게 신세 진 것을 자랑스럽게 생각해요. 또 만나요."

그녀가 있는 곳에는 늘 평화가 있습니다. 그녀가 있는 곳이 천

영화 〈바람과 함께 사라지다〉의 한 장면

국이지요. 그런데 그 천국은? 파울로 코엘료는 《피에트라 강가에서 나는 울었네》에서 이렇게 말했습니다. "나는 신께서는 그의 지혜로움으로 천국의 한가운데에 지옥을 숨겨두셨음을 믿어. 우리가 언제나 깨어 있도록 하기 위해서야. 우리가 자비의 기쁨 속에 사는 동안에도 혹독함을 잊지 않도록 하시려고."

남편은 전장에 나가 있고, 그녀의 곁에는 그녀를 무시하고 싫어하고 질투하면서도 그녀를 떠나지 않는 스칼렛이 있습니다. 그녀는 몸이 약해 늘 아픕니다. 그녀를 보면 그녀의 천국이 그녀의 지옥에서 꽃피고 있음을 느낍니다. 마침내 죽어가는 그녀가 스칼렛에게 했던 유언은 그녀의 천국의 절정입니다. "그애슐리를 위해 나를 돌보아주었듯이 나를 위해 그를 돌보아주세요. 그가 눈치채지 못하게."

그녀를 보면 〈신심명信心銘〉의 유명한 명제가 떠오릅니다.

一卽一切 一切一卽(일즉일체 일체일즉)
하나가 곧 전체요, 전체가 곧 하나이니
但能如是 何慮不畢(단능여시 하려불필)
다만 이와 같다면 어찌 미치지 않을 수 있을까

하나를 보면 전체가 보이지요? 하나 속에는 전체가 있습니다. 그녀가 사랑으로 내미는 작은 손길은 언제나 전체를 소통하는 힘입니다. 대부분의 사람이 이기적인 스칼렛을 경계하지만, 그녀가 편견을 넘어서 스칼렛을 감싸는 것이야말로 큰 사랑입니다. 집착이 아닌 사랑만이, 사랑이 있는 영혼만이 편견과 질책, 판단을 넘어서 '일즉일체'라는 세상의 비밀에 다가서는 것은 아닐까요.

안드레이,
선이 지나쳐 악이 되다!

그대, 삶을 사랑하세요? 이게 무슨 질문이냐고, 자기 삶을 사랑하지 않는 사람이 어디 있느냐고 되묻고 싶으세요? 레프 톨스토이가 《전쟁과 평화》를 통해 말했습니다. 삶을 사랑하는 것은 신을 사랑하는 것이라고. 세상의 고통 속에서, 죄 없이 받는 고통 속에서 삶을 사랑하는 것이야말로 가장 어렵지만 또한 가장 큰 기쁨이라고.

* 킹 비더 감독의 〈전쟁과 평화War and Peace〉, 1956.

삶에 대한 사랑의 고백은 혹독한 삶의 바람을 어쩌지 못해본 경험이 있는 자의 고백일 때 힘이 있습니다. 삶을 원망하고 증오하고 경멸해본 적 있는 이가 어느 날 그 바람이야말로 삶이 자기에게 낸 미묘한 수수께끼였음을 고백하게 될 때 말입니다.

《전쟁과 평화》의 배경은 19세기 초 나폴레옹의 러시아 침략으로, 러시아의 관점에서 전쟁광 나폴레옹은 악 중의 악입니다. 사실 작품에서 전쟁은 본질적이라 할 수 없지만, 고통스러운 삶이 우리에게 무엇인지를 보여주는 장치로는 본질적입니다. 삶이 전쟁이니까요. 그런데 아시나요? 우리를 전장에 끼어들게 만드는 것은 역사적 사명감을 불러일으키는 엄청난 명분도, 교과서에 기록된 대단한 가치도 아닙니다.

"내가 왜 전쟁터로 나가는지 아나? 나폴레옹이 괴물이라서? 아니면, 러시아가 강대국이 될 것이라 믿어서? 아니네. 내가 떠나는 것은 모스크바 최고의 미녀와 사는 게 참을 수 없어서야."

귀족 청년 안드레이가 폭력을 싫어하고 전쟁을 싫어하는 주인공 피에르에게 전쟁터로 가는 이유를 설명하는 대목입니다. 정략결혼에, 파티가 일상인 귀족 청년이 자기 삶에 안주하지 않고 자기 그림자를 만지려 하는 것이 보이지요? 그의 말의 힘은 거기서 나옵니다. 그는 함부로 살아도 되는 것이 마치 특권인 양 술과 여자, 노름과 파티 속에서 젊음을 낭비하며 오로지 그런 삶을 누릴 힘을 가지기 위해서만 애쓰는 그런 귀족이 아닙니다. 그에게는 가치를 아는 든든한 아버지가 있고, 정겨운 누나가 있고, 믿음을 나눌 친구가 있습니다. 그래도 삶의 그림자는 어쩔 수 없습니다.

도피하듯 전쟁터로 떠나지만, 전장에서 안드레이는 누구보다도 괜찮은 리더입니다. 그는 그가 전쟁터로 떠난다고 하자 이렇게 조언하는 아버지의 아들이니까요.

"자, 이제 작별이구나, 한 가지를 기억해라. 안드레이 공작, 네가 죽는다면 나는 상심할 것이야. 하지만 네가 니콜라이 볼콘스키의 아들로서 제대로 처신하지 않았다는 것을 알게 되면 나는 수치스러울 것이다."

볼콘스키가의 가풍이 보이지요? 수백 명의 인물이 등장하는 대작이지만 〈전쟁과 평화〉를 이끄는 인물은 세 사람입니다. 서자 출신으로 아버지의 작위를 물려받기까지 어두운 시절을 보냈던 피에르, 뭐 하나 빠지는 것 없이 정의와 선까지 겸비한 귀족 안드레이, 그리고 이들이 사랑하는 밝고 순수한 여인 나타샤입니다. 나는, 어쩌면 톨스토이의 분신인지도 모를 피에르를 좋아합니다. 하지만 역시 반전의 이야기를 주목하게 만드는 것은 반듯한 안드레이와 그녀의 약혼녀 나타샤입니다.

약혼자 안드레이가 전쟁터에 나가 있는 일 년 사이, 아름다운 나타샤에게는 예상하지 못했던 강렬한 유혹자가 나타납니다. 아나톨이 스토커 수준으로 막무가내로 자신을 쫓아다니지만, 탐욕스러운 정열과 사랑스러운 정열의 차이를 배우지 못한 어린 나타샤는 막무가내로 그에게 빠져듭니다. 황홀하고 달콤한 유혹에 빠진 결과는 참담했습니다. 정신을 차리고 보니 그녀는 평판을 잃고, 안드레이도 잃었습니다.

순수한 사람은 뜨거운 열정에 사로잡히지 않는 사람도, 어리석은 실수를 하지 않는 사람도 아니지요? 순수한 사람은 물불 가리지 않는 열정에 상처 입고, 실수했더라도 그 경험을 소화하며 되새김질할 수 있는 사람입니다. 나타샤가 그랬습니다.

하지만 그렇다 해도 그녀의 배신에 마음이 타들어가 증오의 잿더미만 남은, 다 갖춘 선한 남자가 어찌 그녀에게로 돌아오겠습니까? 안드레이의 '선'은 배신한 나타샤를 '악'으로 규정하며 그 무엇으로도 녹아내리지 않는 성벽이 되어 자신을 고립시키고 있었습니다. 마음속 내전을 치르고 있는 것이지요.

삶이 전쟁이라고 할 때 그 전쟁은 내 안에서 일어나는 내전이기도 한 것이지요. 삶은 전쟁이고 혹 우리는 삶과 죽음이 교차하는, 어렵고 위험한 전쟁을 수행하는 전장의 리더인 것은 아닐까요?

일리야 레핀, 〈펠라게야 스트리피토바의 초상〉

톨스토이가 쓰고 있습니다. '모든 전투는 지휘관의 예상대로 수행되지 않는다. 이것이 본질적인 조건이다'라고. 삶은 마음대로, 예측한 대로 흘러가지 않습니다. 언제나 생각하지 못하는 곳에서 매듭이 생기고, 또 생각하지도 못한 곳에서 매듭이 풀립니다. 그렇게 맺혔던 안드레이의 매듭이 언제 풀리는지 아십니까?

언제나 구원은 엉뚱한 곳, 예기치 못했던 곳에서 찾아오는 법입니다. 유혹할 줄은 알아도 사랑할 줄은 모르는 아나톨에 대한 안드레이의 들끓는 분노가 언제 가라앉는지 아십니까? 안드레이는, 전선에서 부상당해 다리를 잘리며 살려달라고 비명을 지르는 아나톨을 만납니다. 그도 부상당해 죽어가는 처지였지만 그 지옥 같은 상황을 보며 알게 된 것이 있습니다. 아나톨은 '나쁜 사람'이 아니었다고, 그저 그런 사람이었다고. 이것이 원수를 외나무다리에서 만나는 이유가 아닐까요? 그를 '나쁜 사람'으로 규정해서 자기도 모르게 마음에 나쁜 사람을 담아둠으로써, 스스로가 스스로를 괴롭히고 있었다는 것을 알게 된 것입니다. 마음의 응어리가 풀리니 마음의 벽을 높이 세웠던 나타샤에 대한 진심이 드러나고, 마침내 진심을 전할 기회가 생깁니다. 나타샤가 부상자가 되어 의식 불명으로 돌아온 안드레이를 간호한 것입니다.

생각해보면 안드레이의 구원은 그의 부상에서 찾아왔습니다. 병이 찾아드니 의식의 끈이 약해지고 의식의 파수꾼이 힘이 빠진 사이, 억압되어 있던 진실이 올라올 수 있었던 것입니다. 의식이 돌아온 안드레이가 자신을 간호하는 나타샤를 기분 좋게 관찰하며 그녀에게 하는 말은 진심입니다.

"이제 당신은 그날 밤새 춤추던 그 소녀가 아니야. 달님에게 속

순수한 사람은
뜨거운 열정에 사로잡히지 않는 사람도,
어리석은 실수를 하지 않는 사람도 아니지요?
순수한 사람은
물불 가리지 않는 열정에 상처 입고,
실수했더라도 그 경험을 소화하며
되새김질할 수 있는 사람입니다.

삭이던 소녀도 아니고. 당신은 무언가 달라졌고, 더 멋져졌어. 얼마나 평화롭고 고귀한지, 나는 당신을 아주 많이 사랑해. 이제야 터놓고 이야기할 수 있다니 슬픈 일이지. 나는 지금까지 사랑을 몰랐어. 그저 증오심이 많은 사람이었어. 많은 것을 증오했고, 당신도 증오했었어. 이제는 정말 당신을 사랑해."

안드레이는 바른 생활의 남자입니다. 선이 지나치면 악이 되듯이 바른 생활 속에 갇혀 있는 사람이 타인을 지치게 하는 것은 무엇보다도 자기 자신을 지치게 하기 때문입니다. 세상이 온통 마음에 들지 않아 비판받아야 할 사람이고 상황뿐이니, 어찌 증오를 키우지 않을 수 있고 어찌 지치지 않을 수 있겠습니까? 그렇게 지쳐 진실에 가닿지 못할 때 그를 사랑한 운명은 어떤 충격을 주며 바른 사람을 진실한 사람으로 인도하나 봅니다.

안드레이가 윤리와 관습이라는 잿더미 속에 묻혀 있는 사랑의 불씨를 되살려 진실에 이를 수 있었던 것은 바로 그를 찾아온 죽음 때문이었습니다. 죽음이, 병이 찾아오지 않았더라면 그가 진실해질 수 있었을까요? 그를 찾아온 죽음이 진실을 밝히는 등불이었던 것이지요. 《보왕삼매론》의 첫 구절이 생각나지요? '몸에 병이 없기를 바라지 말라. 몸에 병이 없으면 탐욕이 생기기 쉽나니 그래서 성인이 이르시기를 병고로서 양약을 삼으라 하셨느니라.'

라라를 지나쳐간 남자들

선이 지나치면 악이 되는 것 같다고 했지요? 자기 옳음이 강한 사람이 부담스러운 이유입니다. 자기 방식이 아닌 것은 무조건 '악'으로 규정하면서 정의의 이름으로 세상을 바꾸겠다고 나선 인간이 용감한 사람일 수는 있지만, 그런 사람이 가까운 사람일 때 가까운 사람은 치명적 상처를 입습니다. 《닥터 지바고》의 라라처럼 말입니다.

* 데이비드 린 감독의 〈닥터 지바고Doctor Zhivago〉, 1965.

지바고에게는 엄마가 없지요?
"진흙은 검게 변하고 그릇은 깨어졌도다."
엄마를 차가운 흙속에 묻는 날
사제가 읊는 노래를 소년 지바고는 어떻게 들었을까요?
그 엄숙하고도 슬픈 자리, 무서운 노래가 그에게는
묘하게도 생에 대한 감수성이 된 것 같습니다.
지바고에게는 채워지지 않은 공허가 있습니다.
거기에 깃들고 있는 그리움이 시가 되고 있는 것이지요.

라파일 레비츠키, 〈숲속의 다리〉

라라는 지바고의 소울메이트라 할 수 있지만, 소용돌이가 멈추지 않는 돌물목 같은 그녀의 운명은 그녀를 혁명가 파샤 스트렐니코프의 부인으로 만들었습니다. 사적 공간도, 둘만의 시간도, 둘만이 나눌 언어도 없는 남자가 남편일 때 삶은 얼마나 각박할까요? 더구나 상대는 라라인데.

라라의 남편 스트렐니코프는 정의와 평등과 민중의 빵을 위해 싸우는 대단한 혁명가이지만, 라라에게는 '없는' 남편, 삶을 흔드는 위험한 남편이었습니다.

아마 스트렐니코프가 라라 곁에서 오손도손 정붙이며 살아간 시간의 더께가 있었다면 그렇게 무표정하고 비인간적인 정치인으로는 죽지 않았을 것입니다. 혁명을 하든, 정치를 하든, 사업을 하든 자기 표정이 없는 자의 세상은 자기 세상이라고 할 수가 없어서 자꾸 세상을 두려운 곳으로, 무서운 곳으로, 지옥으로 만들어 버립니다.

그래서 그보다는 코마로프스키가 낫다는 친구가 있습니다. 코마로프스키가 누구냐구요? 라라를 사랑했지만, 폭력적인 방법으로 라라에게 다가가고 모욕적인 방식으로 라라와의 관계를 이끌어가는 인물이지요. 개혁의 대상이었을 법한데, 전쟁과 혁명의 와중에서도 살아남은 수완 좋은 사업가이자 정치인입니다. 끝까지 라라의 생존을 책임지고 싶어 한 것은 그의 진심일 것입니다. 하지만 생존보다 중요한 것이 자존감인 라라에게 그것이 통할까요?

코마로프스키는 어찌 되었든 세상을 믿지 않고 사람을 믿지 않아 세상이나 사람에 대한 기대도, 실망도 없습니다. 세상이 지옥인 것을 당연히 받아들이며 자기 힘으로 지옥에서 살아남는 법을 익힌 능구렁이이니 어쩌면 자기 옳음이 강한 사람보다는 현실적일 수 있겠습니다. 라라가 파샤와 결혼한다고 했을 때 그의 말은 정말 적확했으니까요.

"그래, 그는 고매하고 순결한 남자야. 세상의 존경을 받는 것 같지만, 사실을 멸시를 받고 있지. 불행을 잉태하는 남자야, 특히 여자에게는."

젊은 날 그저 싫기만 했던 코마로프스키의 매력을 발견했다는 친구의 말에 영화 〈닥터 지바고〉를 다시 보는데, 내 눈에는 여전히 그가 역겹네요. 나는 자기가 무엇을 원하는지도, 얼마나 불행한지도 모르는 스트렐니코프도 싫지만, 원하는 것은 무엇이든 손에 넣고야 마는 코마로프스키의 탐욕도 그만큼 싫습니다.

젊은 날 나는 세상의 모든 아픔과 슬픔을 경험하면서도 엄살떨지 않고 꼿꼿하게 자기의 길, 인간의 길을 가는 외로운 라라를 사랑했는데, 이제는 남자들이 보이네요. 역시 〈닥터 지바고〉의 매력은 지바고에 있습니다.

지바고에게는 엄마가 없지요?

"진흙은 검게 변하고 그릇은 깨어졌도다."

엄마를 차가운 흙 속에 묻는 날 사제가 읊는 노래를 소년 지바고는 어떻게 들었을까요? 그 엄숙하고도 슬픈 자리, 무서운 노래가 그에게는 묘하게도 생에 대한 감수성이 된 것 같습니다.

지바고에게는 채워지지 않은 공허가 있습니다. 거기에 깃들고 있는 그리움이 시가 되는 것이지요. 그는 엄마가 남긴 발랄라이카의 선율을 듣고, 현미경 위에서 노는 세균들의 춤을 봅니다. 모독당한 사랑에게 총을 겨누는 여자의 행위에 대해 어떤 판단도 하지 않고 입을 다물며, 혁명의 와중에서 피 흘리는 사람들을 아군 적군 가리지 않고 싸매줍니다. 의사로 살든, 혁명의 시대를 살든 그는 시인입니다. 수완 좋은 사업가의 눈에 그는 현실을 모르는 몽상가이고, 혁명가의 눈에는 민중적인 삶을 외면하는 프티-부르주아지만, 그에게 가장 중요한 일은 내면의 소리를 듣는 것이지요. 그는 눈에 보이고 귀에 들리는 소문과 상식의 세상을 살지 않고, 마음으로 느끼고 마음으로 보고 마음으로 듣습니다.

당연히 그는 생에 대한 답을 가지고 있지 않습니다. 답을 갖고 있다면 마냥 좋을 수만은 없는 라라와의 사랑을 따라가겠습니까?

영화 〈닥터 지바고〉의 한 장면

서로에게 호감이 있었던 순수한 남자와 외로운 여자가 사랑에 빠지는 것은 자연스럽습니다. 하지만 생의 마지막을 그 사랑을 따라가다, 라라의 영상을 따라가며 쓰러져 죽는 것으로 마감하는 것은 자연스러움 이상입니다.

'우리 모두는 같은 협곡에서, 동일한 어머니에게서 태어납니다. 모든 인간은 동일한 심연으로부터 유래합니다.' 헤르만 헤세가 《데미안》 서문에서 한 말인데, 바로 지바고를 두고 한 말 같습니다. 지바고에게는 심연이 있고, 그 심연은 바로 '어머니'에게서 유래하는 것 같습니다. 그렇다고 모두가 똑같은 운명을 살고 있는 것은 아닙니다. 헤세가 지적했듯이 제각기의 심연에서 건져내는 운명은 고유합니다. 시인은 바로 그 고유한 운명을 따라가는 사람인 것이지요.

지바고는 러시아 혁명의 시대 혹은 내전의 시대를 살았습니다. 그의 식구들이 모스크바에서 쫓겨나 바리키노로 이주해야 했던 이유는 바로 그가 시인이었기 때문입니다. 좌파에도, 우파에도 속하지 않고 그저 자기 자신으로 살고자 하는 시인의 삶이 프티-부르주아의 방종으로 읽히던 시대였으니까요.

다른 진리는 악이 되고, 다른 생각은 죄가 되고, 다른 감성은 수치가 되던 시대가 있었습니다, 우리에게도. 진리와 생각과 감성까지 정해주는 악착의 시대에 자기 느낌, 자기 통찰, 자기 사랑을 버리지 못하고 자기 감성으로 살아가고자 하는 시인의 삶은 얼마나 고단하겠습니까?

생각해보면, 사물과 나 사이에 쓸데없는 편견과 고정 관념이 덕지덕지 끼어 있지요? 그것이 사물을 있는 그대로 보고 느끼는 일을 방해합니다. 시인은 사물에 대한 그런 지식을 보태는 자가 아닙니다. 베네딕토 성인이 말했습니다. 사물에 대한 지식을 쌓는 대신 사물 자체를 음미하라고. 어쩌면 사물을 있는 그대로 느끼고 음미할 수 있는 능력이 시인을 만드는 것은 아닐까요?

라라와 함께할 날이 얼마 남지 않았다는 사실을 알고 있는 바리키노의 지바고는 미래를 생각하면 미칠 것 같다고 했습니다. 그런데 바로 미칠 것 같은 그 상황이 시를 통해 수렴되고 수용되지요. 상황은 점점 조여오고 마냥 좋을 수만은 없는 사랑은 지바고의 시가 되어 그들의 버팀목이 된 것입니다.

지바고가 정신없는 격변의 시대를 살면서도 시를 쓸 수 있었던 것은 그의 마음속에 엄마의 '발랄라이카'가 들어 있었기 때문이지요. 당신의 발랄라이카는 무엇인가요? 이 가을이 가기 전에 당신의 발랄라이카를 꺼내 시인의 연주를 해보시지요.

인생의 감독은 '우연'이다!

그 남자가 계획에도 없었던 리스본행 열차에 올라탄 것은 '우연'이었습니다. 그는 우연히 그를 사로잡은 한 권의 책을 따라, 책의 작가 아마데우의 흔적을 쫓아 리스본을 헤맵니다. 우연히 지나가는 오토바이와 부딪쳐 넘어지면서, 아꼈던 안경이 산산조각이 났습니다. 참으로 재수도 없지요. 그런데 그 재수 없음이 재수를 부릅니다. 새로 맞추어야 하는 안경 때문에 우연히 들른 안과에서

* 빌 어거스트 감독의 〈리스본행 야간열차Night Train to Lisbon〉, 2013

한 의사를 만나고, 그가 마침 아마데우의 지인과 아는 사이입니다. 의사는 갑작스러운 충동을 따라 여행하는 그의 여행길에 징검다리가 되고 있습니다. 우연히!

'인생의 진정한 감독은 우연이다!' 이것이 〈리스본행 야간열차〉의 메시지 중 하나입니다. 〈리스본행 야간열차〉는 어찌 보면 지극히 지루한 영화인데, 이상합니다. 지루한 것이 화면을 외면하게 하는 것이 아니라 오히려 함께 사유하게 만드는 매개가 됩니다. 그 남자가 읽고 있는 아마데우의 책 때문입니다. 아마데우가 쓰고 있습니다.

'꼭 요란한 사건만이 인생의 방향을 바꾸는 결정적 순간이 되는 것은 아니다. 실제 운명이 결정되는 드라마틱한 순간은 믿을 수 없을 만큼 사소할 수 있다.'

그렇다면 사소한 것이 사소한 것이 아니게 되지요? 아니, 어쩌면 사소하다고 우리가 무시한 어떤 순간들은 우리의 무시를 개의치 않을 만큼 당당한 것인지도 모릅니다. 어느 날 아마데우는 우연히 친구 조지를 따라 레지스탕스 사무실에 갑니다. 그리고 거기서 자기에게 눈을 주는 여인 스테파니를 만납니다. 한눈에 누구에게 반해본 적 있으신지요? 그가 있어, 그녀가 있어 세상이 달라지는, 모든 길이 그리로 통하고 모든 감정이 그리로 스미는, 통제하지 못하는, 아니, 통제하고 싶지 않은 사랑의 시작! 그것은 그녀도 마찬가지입니다. 그런데 그녀가 한눈에 사랑하게 된 아마데우는 지금껏 그녀 옆에서 연인 노릇을 해온 조지의 절친이었습니다! 그들의 사랑이 깊어질수록 조지의 질투도 격렬해집니다. 질투는 나를 바꾸고 세상을 바꿉니다. 집안 차이를 극복하고 쌓아온 우정을 무너뜨리고, 무엇보다도 열정을 바쳐온 정의의 전략 혹은 내용까지 바꿉니다.

천재적인 암기력으로 메모하지 않고도 모든 정보를 입력하고 있었던 스테파니는 연인 조지가 보기에 레지스탕스의 보물이었습니다. 그녀가 있었기에 저항 운동은 증거를 남기지 않고 제대로 돌아갈 수 있었으니까요. 하지만 질투의 감정을 뒤집어쓴 조지에게 그녀는 살해해야 할 인물이 됩니다. 그녀가 잡혀서 자신이 아는 정보를 불기 시작하면 모든 조직이 와해할 것이라는 믿음이 질투와 함께 찾아든 것입니다. 니체가 말했습니다. '질투는 전갈처럼 독이 있는 꼬리로 자신을 되찌른다'고. 질투까지 사랑이 아니라고 말할 수는 없겠지만, 질투가 길어지면 사랑은 처참하게 그 독에 찔려 끝을 맺습니다.

〈리스본행 야간열차〉의 배경은 카네이션 혁명을 한 해 앞둔

공욱재, 영화 〈리스본행 야간열차〉

우연히 지나가는 오토바이와 부딪쳐 넘어지면서,
아꼈던 안경이 산산조각났습니다.
참으로 재수도 없지요?
그런데 그 재수 없음이 재수를 부릅니다.

아마데우가 쓰고 있습니다.
'꼭 요란한 사건만이
인생의 방향을 바꾸는 결정적 순간이 되는 것은 아니다.
실제 운명이 결정되는 드라마틱한 순간은
믿을 수 없을 만큼 사소할 수 있다.'

줄스 파스킨, 〈선한 사마리아인〉

1973년, 포르투갈입니다. 유신과 5공화국을 경험한 우리에게 저항하는 시민을 무차별적으로 난도질하는 권력의 폭력은 낯설지 않습니다. 어느 날 분노한 시민들은 권력의 편에 서서 시민을 잡아들이고 고문하고 죽이는 일을 했던 사복 경찰 멘데스를 잡았습니다. 시민들은 그를 때리고 밟고 짓이겼습니다. 그는 다 죽어 병원으로 갔습니다. 의사는 시민들과 함께 레지스탕스 운동을 해온 아마데우. 의사인 그는 학살자인 멘데스를 죽게 내버려두어야 할까요, 살려야 할까요? 당신이 의사라면 어떻게 하시겠습니까.

조지가 질투하고 아마데우가 사랑한 스테파니는 붉은 장미 같습니다. 레지스탕스의 핵심 인물인 그녀는 그녀와 살려고 자유의 땅으로 함께 떠나자고 하는 아마데우의 제안을 거절합니다.

"나는 나의 삶을 갈망했어요. 하지만 그가 원했던 여행은 그를 위한 것이지, 나의 삶은 아니었어요."

그녀를 위해 목숨을 건 남자, 목숨 걸고 그녀를 살려준 남자, 무엇보다도 그녀가 진정 사랑한 남자, 그런데 그 남자의 옆자리가 자기 자리가 아니라고 그를 떠난 여자. 그렇게 자기 의지를 따라 결단하고 선택하는 사람들에게 고통은 익숙한 것입니다. 그들은 남 탓하지 않고 스스로 흔들리는 마음, 고통스러운 마음을 소화해낼 줄 압니다. 그들이 보여주는 것은 무엇일까요? 고통은 세상을 알아가기 위한 세금이고 피상적인 삶을 살지 않기 위한 희생 제물임은 아닐까요?

영화를 다 보고 나면 한 문장이 별처럼 가슴에 박힙니다.

'인생의 진정한 감독은 우연이다! 그리고 그 감독은 인간적이지 않다!'

때때로 연민을 보여주는 그 감독의 매력은 잔인함입니다. 그런데 잔인함이 잔인하지 않습니다, 자연처럼. 저는 이렇게 생각합니다. 인생의 진정한 감독은 우연이지만, 감독의 의도를 알아채는 일은 우연이 아닐 것이라고. 혹 우연과 필연은 뫼비우스의 띠처럼 연결되어 있는, 서로의 짝이 아닐까라고요.

여운이 긴 영화였습니다. 과거 어느 시간에 익숙했으나 이제는 잊어버린 시간, 그 망각의 시간이 튀어 올라와 낯선 듯, 익숙한 듯 끝까지 보게 만드는 힘이 있는!

2장

아모르파티, 너의 운명을 사랑하라!

벤자민 버튼의 시간은 거꾸로 간다

살면서 만나게 되는 여덟 가지 고통 중에 애별리고愛別離苦와 원증회고怨憎回苦가 있지요? 사랑하는 사람과 이별해야 하는 고통, 미워하는 사람과 살아야 하는 고통입니다. 만약 그중 하나를 선택해야 한다면 당신은 어떤 것을 선택하실 건가요?

미워하는 사람과 만나 살아야 하는 원증회고는 삶을 막장 드라마로 만들고, 사랑하는 이와 이별해야 하는 애별리고는 멜로 드

* 데이비드 핀처 감독의 〈벤자민 버튼의 시간은 거꾸로 간다The Curious Case of Benjamin Button〉, 2008.

라마로 만들지요? 〈벤자민 버튼의 시간은 거꾸로 간다〉라는 영화 보셨나요? 3시간 가까이 되는 이 영화가 지루하지 않은 것은 바로 애별리고까지도 사랑이 된 남자의 그리움이 지금 이 생에서 우리가 배워야 할 것임을 각인시켜주기 때문입니다.

남들과는 다르게 점점 젊어지는 숙명을 타고 태어난 벤자민은 어느 시간, 처음 보는 순간부터 한눈에 들어 무수히 떠돌던 날들에도 한사코 잊지 못했던 여인 데이지와 살고 있습니다. 함께할수록 좋은 두 사람의 사랑은 아이의 탄생과 함께 새로운 국면을 맞습니다. 함께 나이 들어갈 수 없으니 아빠 노릇, 남편 노릇을 해주기 힘들지요. 그는 모든 재산을 정리해서 여인에게 남겨주고 빈손으로 떠납니다. 아이가 크기 전에 남편 노릇, 아빠 노릇해줄 수 있는 사람을 만나라는 기원과 함께. 그 덕분에 데이지는 울타리 노릇 제대로 하는 좋은 남자를 만나고, 그들의 딸 캐롤라인은 그 좋은 남자를 아버지로 알고 잘 성장합니다.

반면 그들을 떠난 벤자민은 그리움과 함께 세상을 떠돌면서 성장하는 것을 지켜보지 못한 딸을 향해 가닿지 못한 편지를 씁니다. 굿나잇 키스를 해주고 싶다고. 다섯 살이 되면 입학식에도 데려가고 싶고, 여섯 살이 되면 피아노를 가르쳐주고 싶다고. 슬퍼

할 때는 안아주고도 싶다고. 함께 살지 못하는 딸을 향한 그리움을 품고 세상을 떠도는 그의 편지는 삶이 선물하는 비밀들을 훔쳐보게 합니다.

"살아서 너무 늦거나 빠른 것은 없다. 너는 무엇이든 될 수 있다. 꿈을 이루는 데 시간 제한은 없어. 지금처럼 살아도 되고, 새 삶을 시작해도 돼. 새로운 것을 보고, 새로운 것을 느끼고, 너와는 다른 생각을 하는 사람을 만나 후회 없는 삶을 살았으면 좋겠다. 후회가 생긴다면 용기를 내서 다시 시작하렴."

문득 그런 생각이 스쳤습니다. 어쩌면 우리의 삶 깊은 곳에는 우리가 기억하지도 못하는 사람들 혹은 생명들의 기원이 숨처럼, 물처럼 흐르고 있는 것인지도 모른다고. 그 덕택에 우리가 무사히 숨을 쉬고 생을 배우며 여기까지 온 것인지도.

점점 젊어지는 숙명을 타고났다는 것은 태어날 때는 늙었다는 것이지요? 백내장과 관절염을 앓고 있는 노인으로 태어난 그는 아버지에게 버림을 받고 양로원에서 성장합니다. 그런데 젊은 날의 짐을 내려놓은 노인들이 사는 그 양로원은 그에게는 더없이 맞춤한 집이었습니다. 더 이상 생존을 위해 발버둥치지 않는 할머니, 할아버지 사이에는 묘한 평화가 흐르는 법이니까요.

추억과 연륜을 나이테처럼 가지고 있는 그들은 추억도 없이 늙은 아이를 친구처럼 거리감 없이 대하면서도 아이임을 잊지 않고 돌보아줍니다. 책임감으로 무장하지 않고 삶을 나누고, 사랑이랄 것도 없이 사랑을 베푸는 어른들의 품은 그들이 생각하는 것보다 훨씬 넓은 법입니다.

당장 외출할 것처럼 늘 화사하게 차려입고 손가락에서 다이아몬드 반지를 빼놓은 법이 없는 할머니는 외출한 적도, 누가 찾아온 적도 없다지요? 이 외로운 할머니가 그에게 피아노를 가르쳐줍니다. 잘 치는 것보다 중요한 것은 느끼는 것이라고, 느낌을 담아서 연주하는 법을 가르쳐주고 있는 할머니는 이렇게 말할 줄 아는 노인이었습니다.

"누구든 사랑하는 사람을 잃고서야 그 사람의 소중함을 아는 법이란다."

이 외로운 할머니에게서 벤자민은 피아노뿐만 아니라 그리움을 배웠습니다. 사실, 지금 외롭지 않은 사람은 많습니다. 하지만 평생 외롭지 않을 수 있는 사람이 있을까요? 외로움은 인간의 숙명입니다. 그런데 그 숙명을 소화해내는 방식에는 차이가 있지요? 벤자민이 양로원을 드나드는 또 한 사람에게 배운 것은 외로움을 두려워하지 않는 법이었습니다.

"삶은 외로운 거야. 우리처럼 특별한 사람에게는 더욱! 비밀 하나 말해줄까? 뚱보, 말라깽이, 꺽쇠, 또 이런저런 사람들, 그들도 우리처럼 외로워해. 차이가 있다면 그들은 외로움을 무서워한다는 거지."

그 외로움에 대한 두려움이 삶을 두려워하는 뿌리지요? 반대로 그 외로움에 대한 사랑이 삶을 사랑하는 뿌리고, 자유의 또 다른 얼굴이라는 점을 알게 되기까지는 시간이 걸리는 것이지요?

우리는 모두 저마다의 시간을 살고 있습니다. 저마다의 시간을 사는 까닭에 곧잘 잊습니다. 삶은 헤아릴 수 없는 상호 작용이고, 그 상호 작용의 결과라는 사실을 말입니다. 그러다 감당하기 힘든 순간이 오면 무수한 상호 작용의 무서움을 알게 됩니다. 벤자민의 말대로 우연이든, 고의든 그것을 막을 방법은 없습니다.

벤자민의 사랑 데이지는 사고로 무릎뼈가 으스러지기 전에는 전도유망한 무용수였습니다. 그날 그 택시 기사가 커피를 사려고 카페에 들르지만 않았어도, 그때 그 시간에 데이지가 공연 연습을 5분만 더 혹은 5분만 덜했더라도, 데이지가 신발끈이 풀려 다시 묶는 동료를 기다리지만 않았어도, 그 택시 기사가 잠시 한눈만 팔지 않았어도, 데이지는 다리를 다치지 않았을 것입니다. 그런데

"살아서 너무 늦거나 빠른 것은 없다.
너는 뭐든 될 수 있다.
꿈을 이루는 데 시간 제한은 없어.
지금처럼 살아도 되고, 새 삶을 시작해도 돼.
새로운 것을 보고, 새로운 것을 느끼고,
너와는 다른 생각을 하는 사람을 만나
후회 없는 삶을 살았으면 좋겠다.
후회가 생긴다면 용기를 내서 다시 시작하렴."

알베르트 앙커, 〈할아버지의 헌신〉

데이지는 다리를 다쳤고, 더 이상 무용수일 수는 없었습니다.

무수한 상호 작용의 결과로 삶이 바뀌지만, 우리 인생이 그 복잡한 상호 작용 탓이라며 책임을 전가할 수는 없습니다. 어떤 한 사람에게서 그 결과가 드러나면 싫든 좋든 그것은 온전히 그의 삶이 되고 그의 책임이 됩니다. 그러니 삶이 외로울 수밖에요.

나의 외로움을 사랑하고, 나의 불운을 사랑하고, 나의 행운을 사랑하고, 나의 자유를 사랑해야 마지막 순간을 받아들일 수 있습니다.

"현실이 싫으면 미친 개처럼 날뛰거나, 욕을 하고, 신을 저주해도 돼. 하지만 마지막 순간에는 받아들여야지."

거꾸로 가는 시계를 가진 사람들, 영혼이 육체를 배반하고 육체가 영혼을 배반하며 살아가야 하기에 외로움이 숙명이 된 사람들은 방랑하고 헤매지만 외로움이 두려움이 되지 않습니다. 가진 것도 없이 떠돌며 방랑하다 촘촘한 나이테와도 같은 단단한 외로움의 무늬를 가지게 된 사람들이 다다르게 된 생의 깊은 곳을 슬쩍 훔쳐본 기분이 드네요.

누구나 얼굴에
흔적은 있어

한 사람이 가족으로 온다는 것은 하나의 세계가 찾아오는 것이지요? 하나의 세계가 훌쩍 들어오니 삶의 지형이 바뀌는 것은 당연합니다. 그로 인해 바뀌는 삶이 반가울 수도 있고, 반대로 버거울 수도 있습니다. 혹은 반가우면서 버거울 수 있지요? 만약 평범하지 못하고 남들과는 다른 결을 가진 존재가 가족으로 온다면 어떨까요?

남들과 다르게 태어난 사람들이 있습니다. 태어날 때는 평범하고 건강했으나 살면서 장애를 겪게 된 사람도 많습니다. 지체 장애를 겪는 사람, 발달 장애를 겪는 사람, 정신 장애를 겪는 사람, 사고를 당한 사람, 그들을 가족으로 둔 까닭에 남들과는 다른 아픔과 괴로움, 외로움을 겪으며 좌절하거나 다시 살고 있는 사람이 의외로 많습니다.

베스트셀러를 원작으로 한 〈원더〉라는 영화 보셨나요? 주인공 어기는 남들과는 다른 흉한 외모를 가지고 태어납니다. 만나는 사람마다 그냥 지나치지 못하고 다시 한 번 쳐다보지요. 어기는 그런 불편한 시선을 감당하기에 어려서 초등학교도 가지 않고 홈스쿨링을 해야 했던 소년입니다. 그래도 어기는 복이 있습니다. 엄마, 아빠, 누나 모두 어기를 사랑하니까요.

의지할 곳이라고는 가족밖에 없는 아들을 둔 엄마와 아들은 한몸인가 봅니다. 홈스쿨링을 접고 중학교에 들어간 아이가 외모 때문에 학교에서 받은 상처는 고스란히 엄마의 상처가 되지만 〈원더〉의 엄마는 아들의 상처를 성장점으로 바꾸어낼 수 있는 따뜻한 어른입니다. 나는 왜 이렇게 못생겼냐며 처연하게 묻는 어기에게 엄마는 따뜻하고도 단호하게 말합니다.

* 스티브 크보스키 감독의 〈원더Wonder〉, 2017.

영화 〈원더〉의 한 장면

"아니야, 너는 못생기지 않았어. 너에게 관심 있는 사람들은 다 알게 될 거야. 누구나 얼굴에 흔적은 있어. 나의 이 주름은 너의 첫 수술 때 생긴 것이고, 이 주름은 너의 마지막 수술 때 생긴 것이야. 얼굴은 우리가 갈 길을 보여주는 지도고, 또 우리가 지나온 길을 보여주는 지도란다. 절대로 흉한 게 아니야."

참 좋은 엄마이지요? 그 덕에 어기는 진실하고, 호기심 많고, 배려할 줄 아는 소년으로 자라고 있습니다. 그런데 엄마를 어기에게 내주고 엄마의 사랑에 목마른 채 외롭게 성장해야 했던 누나 비아는 어떨까요? 비아는 동생의 홀로서기를 위해 할 수 있는 것은 다 하는 엄마를 수긍하는 착한 딸이지만, 그래도 허전하지 않은 것은 아니지요. 동생에게 전적으로 엄마 아빠를 빼앗기고 일찍 철들어야 했던 비아의 독백이 짠합니다.

'어기는 태양이다. 엄마와 아빠와 나는 그를 도는 행성이다. 부모님은 내가 이해심이 많다고 하지만 그렇지 않았다. 나는 그저 가족 문제를 하나 더 보태고 싶지 않았을 뿐이다.'

현실에서도 그런 가족이 많지요? 전적으로 돌보아야 하는 형제 혹은 자매 때문에 돌봄이 필요한 시기에 외로움을 친구 삼아 스스로 성장하느라 애늙은이가 된 형제 혹은 자매! 양보가 일상이 된 그 아이들의 외로움은 누가 받아주고 돌보아주나요?

다행히 비아에게는 할머니가 있었습니다. 모두들 어기를 중심으로 도는 태양이지만, 할머니에게는 비아가 태양이었습니다.

"할머니는 세상에서 너를 가장 사랑한단다."

외로운 비아가 따뜻한 할머니에게 물었습니다.

"어기는요?"

그때 할머니가 어떻게 대답했을까요?

"어기도 사랑하지. 그런데 어기는 지켜주는 천사들이 많잖아. 너에게는 내가 있다."

비록 할머니가 돌아가셨어도 사랑은 남는 것이지요? 남아서

타테우스 마콥스키, 〈인생은 짧고 예술은 길다〉

비아는 동생의 홀로서기를 위해
할 수 있는 것은 다 하는 엄마를 수긍하는 착한 딸이지만
그래도 허전하지 않은 것은 아니지요?
동생에게 전적으로 엄마 아빠를 빼앗기고
일찍 철들어야 했던 비아의 독백이 짠합니다.
'어기는 태양이다. 엄마와 아빠와 나는 그를 도는 행성이다.
부모님은 내가 이해심이 많다고 하지만 그렇지 않았다.
나는 그저 가족 문제를 하나 더 보태고 싶지 않았을 뿐이다.'

문득문득 비아를 숨쉬게 할 공기가 되어주고 있습니다. 돌아보면 〈원더〉의 가족은 복이 있습니다. 최상의 복은 서로서로 사랑하는 것일 테니.

그래도 어기의 학교생활은 만만치 않습니다. 한심한 친구들은 편을 먹고 놀리는데, 학교에 정붙이게 해주었던 친구 잭이 뒤에서 딴소리하는 것을 듣게 됩니다. 만약 자신이 어기처럼 생겼으면 자살했을 것이라고요. 어기는 얼마나 망연자실했을까요. 이 정도면 학교 자체가 정떨어지겠지요?

이런저런 상황을 지켜보아야 하는 가족은 가족대로 속이 쓰리지만 어쩔까요? 힘겨운 싸움을 하는 전쟁터의 전사는 어기인데. 부모님과 누나가 어기를 아무리 사랑한다 해도 학교를 대신 다녀줄 수도, 대신 싸워줄 수도 없는 일입니다. 가족이 할 일은 어기 대신 해주는 일이 아니라, 격려해주고 지지해주고 기다려주는 일일 테니.

잭도 그렇지요. 어기를 놓고 그렇게 심한 말을 하기는 했어도 그 말이 어기에게 전해질 줄은 몰랐을 것입니다. 그는 생각이 있는 친구니까요. 장난삼아 던진 돌에 어기가 피 흘리고 있었음을 뒤늦게 알게 된 잭은 비열했던 자기 행동을 뉘우칩니다. 하지만 참회의 기회는 좀처럼 오지 않네요.

잭은 부끄러운 자기 행동으로 가장 좋은 친구를 잃어버렸음을 안타까워하고 있는데, 그때 어기를 괴물이라 놀리며 괴롭히는 줄리앙을 봅니다. 잭은 불이익을 감수하며 비열한 줄리앙을 때려눕힘으로써 진정성에 가닿습니다.

어기를 괴롭혀왔던 줄리앙과 줄리앙의 부모를 면담하며 괴롭힘에 대해 단호한 학교 입장을 설명하는 교장 선생님의 말씀도 인상적입니다.

"어기의 외모는 바꿀 수 없어요. 그러니 우리가 시선을 바꾸어야지요."

장애에 대한 시선이 많이 바뀌었지요? 평범하지 않은 사람, 무언가 불편해 보이는 사람, 사실 그들은 우리의 시선과 연민을 받아야 하는 불쌍한 존재가 아니라 독특한 자기 운명을 마주하며 자기 생을 살아가는 고유한 존재입니다. 길에서 우연히 그런 사람을 만나면 그가 불편하지 않게 시선을 주지 않고 자연스럽게 행동하는 것이 예의라는 것을 이제는 알고 있는 사람이 많습니다.

평생을 장애인과 함께 살아온 의사, 장애인 인권이야말로 인권의 바로미터임을 강조하는 이일영 선생한국장애인재활협회 부회장은 지난 세기까지는 서구에서도 장애인을 보는 최상의 시선이 자비심이나 연민이었다고 말합니다. 불쌍하니 도와야 한다는 것이지요. 그러다가 20세기 후반부터 장애인의 삶을 '인권' 차원에서 바라보는 시각이 형성되었다고 합니다. 장애인은 불쌍한 존재가 아니라 비장애인과 똑같이 고유한 자기 삶을 사는 시민이라는 것입니다. 당연히 그들의 삶은 남의 연민에 의존해야 하는 것이 아니라 권리로서 존중받아야 합니다.

그런데 이제는 인권을 넘어 국가 책임의 차원으로 옮겨가고 있습니다. 장애인들이, 장애인의 가족들이 그리고 장애인을 돌보는 선생님들이 인간적으로 살아갈 수 있도록 하는 것이 국가의 책임이고 국가의 중요한 존재 이유라는 것입니다. 국가는 장애인들이 시민으로서, 국민으로서 불편하지 않게 살아갈 수 있도록, 장애인 가족들이나 장애인을 돌보는 선생님들이 너무 많은 부담에 지치지 않도록 책임져야 합니다. 우리는 아직 멀었지만, 희망은 있는 것이지요?

아모르파티,
그 운명을 사랑하게 되기까지

우연히 박선영 SBS 전 아나운서의 이야기를 듣게 되었습니다. 그녀를 화려하게 포장해주었던 아나운서라는 직업을 그만둔 이유가 귀를 열게 하네요.

"일 이외에는 나를 설명하는 것이 없다는 느낌을 받았어요, 내가 무엇을 좋아하는지도 모르겠고, 어느 순간, 바닥을 긁어가며 일하고 있다는 느낌을 받았어요!"

지금이 아니면 용기 내지 못할 것 같아서 사표를 냈고, '나'는 어떤 사람인지, '나'를 알아가고 '나'를 찾아가겠다는 그녀의 말에서 나는 그녀의 심지를 본 것 같았습니다. 아무리 바닥을 긁어도 타지 않는 마음의 중심 말입니다.

사회적으로 보장된 화려한 자기를 벗어버리는 일은 용기고, 어리석음입니다. 누구에게나 용기는 어리석음과 결합합니다. 어쩌면 어리석음은 세상의 문법이 아닌 '나'의 문법이고, '나'의 문법으로 세상을 배우며 살고자 하는 자의 몸부림일 것입니다. 그 몸부림 없이 '나'의 세상은 열리지 않는 것이지요.

〈라이언〉이라는 영화, 보셨습니까? 거의 실화 그대로가 담긴 영화라고 합니다. 영화가 한 일은 한 청년의 인생을 그대로 담은 것입니다. 종종 인생이 그 자체로 영화니까요. 주인공 사루는 마음만 먹는다면 누릴 수 있는 것을 모두 누릴 수 있는 엘리트 청년입니다. 좋은 가정에서 자라 좋은 학교를 졸업했습니다. 부모만큼이나 좋은 연인을 만나 남부럽지 않은 가정을 꾸리고 좋은 시민으로 살아갈 수 있으련만, 그런 삶이 보장될수록 사루는 마음을 붙이지 못하고 몸부림칩니다. 마음은 그가 어렸을 적에 길을 잃은 인도에 가 있습니다.

* 가스 데이비스 감독의 〈라이언Lion〉, 2016.

사루는 인도 태생입니다. 다섯 살 때 기차역에서 형을 잃어버리고 빈 기차에 올라 2박 3일 동안 어디론가 이동했고 엉뚱한 곳에서 고아가 된 바람에 호주로 입양되었습니다. 그를 입양한 호주 부모는 지극히 인간적인 사람들이어서 그는 부족한 것 없이 성장했지만, 그렇다고 해서 잃어버린 가족을 향한 그리움이 사라지는 것은 아니었습니다. 그리움이 그를 미친 듯 떠돌게 했습니다. 그의 방황을 이해하지 못하는 연인에게 그는 이런 절규의 말을 던집니다.

"진짜 엄마와 형이 날 찾고 있다는 것이 어떤 느낌인지 알아? 형이 얼마나 내 이름을 부르고 있을까. 그런데 나는 두 발을 뻗고 자, 그게 구역질 나!"

'나'를 알아가기 위해 꼭 알아야 하는 사람들, 그 식구들을 찾지 못해 그는 방황하고 마침내는 그를 잘 키워준 호주 엄마에게까지 그 방황을 들키고 맙니다. 그와 만토쉬를 입양한 호주 엄마와의 대화가 찡합니다.

"엄마의 불임이 안타까워요. 우리가 백지 상태로 온 것이 아니잖아요. 엄마가 낳았으면 달랐을 텐데, 우리가 엄마를 괴롭히는 기분이에요."

"나는 불임이 아니었어. 세상에는 사람이 너무 많아. 아이를 낳

영화 〈라이언〉의 한 장면

는 게 보탬이 되지 않는다고 생각했어. 차라리 힘든 아이들을 거두어 살아갈 기회를 주는 것이 좋다고 생각했지."

참 좋은 엄마지요? 이 엄마, 어떻게 이렇게 좋은 엄마가 될 수 있었을까요? 그녀는 폭력적인 아버지 밑에서 성장했습니다. 아버지의 폭력을 피해 뒷마당으로 달아났던 열두 살 소녀는 어느 날 지진이 일어나 땅이 자기를 삼켰으면 하는 기도를 하는데, 그때 환상을 봅니다. 들판을 지나가는 갈색 아이들이었습니다. 번개처럼 강한 충격과 함께 행복한 느낌이 밀려왔다고 했습니다. 그 감정이 어려움 속에 있는 그녀를 믿게 하고 어려움 속에 있는 아이

찾았기 때문에 기존의 관계를 떠나는 것이 아니라
기존의 관계를 돌볼 수 있는 것이지요.
이제 자기 삶을 살 수 있고
마음을 붙이고 사랑할 수 있게 된 것입니다.
당신은 무엇을 찾고 있습니까?
삶에서 내가 잃어버린 것을 찾아갈 수 있어야
그 때문에 버려졌던 것들을 돌볼 수 있습니다.

암리타 세르길, 〈어머니 인도〉

들을 돌보게 한 것이었습니다. 다행히 그녀와 뜻을 함께하는 남편을 만나 그는 인도 아이 둘을 입양했고, 키우는 것이 쉽지는 않았어도 아이들과 함께 행복했습니다.

그런 엄마와의 인연도 '나'의 방황을 멈추게 하지는 못합니다. 방황은 어떻게 찾아야 할지도 모르면서 내 자리를 찾으려는, 어찌할 수 없는 몸부림, 어리석은 몸부림이지만 그것이야말로 '나'를 알아가는 징검다리니까요. 호주 가정에 함께 입양된 만토쉬는 평소에는 착하기 그지없는데, 조그마한 자극에도 화가 폭발하고, 마약을 끊지 못합니다. 그렇게 사랑을 받고 있으면서도 그는 고립되어 있습니다.

생이 우리에게 제기하는 물음이 있습니다. 나는 누구인가, 어디로 가야 하는가와 같은 물음입니다. 사두는 자기를 던져 자기가 나온 자리를 찾아가고 있습니다. 반면 만토쉬는 그 물음 앞에서 좌절한 것 같습니다. 그런 물음을 포기하고 주저앉으면 만토쉬처럼 자해하게 되거나 신경증에 걸리게 되는 것처럼 보입니다.

사루는 엄마가 돌을 깨는 일을 했다는 기억을 토대로 마침내 가족을 찾아냅니다. 잃어버린 아들에 대한 그리움 때문에 이사조차 하지 않고 그 자리에서 늙어간 인도 엄마는 기적처럼 찾아온 아들을 단박에 알아보고는 번개 맞은 것처럼 놀랐고, 바다처럼 깊은 행복을 느꼈다고 합니다.

신기하지요? 찾았다고 함께 살 수 있는 것도 아닐 텐데, 잘 살고 있다는 것을 확인해야 비로소 발 뻗고 잘 수 있고 거칠 것 없이 살 수 있는 그런 관계가 있다는 것이 말이지요. 우리의 정체성이 형성되는 자리인가 봅니다. 잃어버린 가족을 찾고 나서 사루의 당연한 말이 인상적입니다.

"그분을 찾았다고 엄마의 의미가 바뀌지는 않아요. 사랑해요, 엄마 아빠, 그리고 만토쉬도!"

찾았기 때문에 기존의 관계를 떠나는 것이 아니라 기존의 관계를 돌볼 수 있는 것이지요. 이제 자기 삶을 살 수 있고, 마음을 붙이고 사랑할 수 있게 된 것입니다. 당신은 무엇을 찾고 있습니까? 삶에서 내가 잃어버린 것을 찾아갈 수 있어야 그 때문에 버려졌던 것들을 돌볼 수 있습니다.

실스마리아를 아세요?

더 이상 젊지 않은데 젊음의 특권에 집착하는 것은 젊은 것도, 젊어 보이는 것도 아니지요? 그저 겉돌고 있는 것입니다. 한 살 한 살 나이 먹음에도 나이 먹지 못하는 이는 젊음에서도, 늙음에서도 소외당하고 있습니다. 젊음에 집착하여 젊음을 선망하거나 질투하는 그에게 젊음은 모른 척을 하거나 왕따를 하고, 나이 들면서도 나이를 받아들이지 못하는 그에게 나이는 문을 닫아걸고 받아주지 않을지 모릅니다. 영화 〈클라우즈 오브 실스마리아〉의 마리아처럼.

실스마리아, 많이 들어보지 않으셨나요? 원래 실스마리아는 니체에게 영원회귀永遠回歸의 영감을 주었다는 바로 그 산입니다. 그런데 영원회귀라는 것이 무엇이지요? 회귀이니, 일단은 영원한 반복이겠습니다. 다시 겨울이 오고 봄이 오고, 다시 꽃이 피고 꽃이 지면서 그때 그 상황으로 돌아오는 것 말입니다. 하지만 그 반복, 그 회귀는 굴러떨어질 바위를 또다시 언덕 위로 밀어 올리는 시지프스의 그것처럼 고단하기만 한 반복은 아닙니다. 영원회귀의 핵심은 '변환'입니다. 니체의 연인이었던 루 살로메가 지적했듯 영원회귀는 영원한 반복 속에서의 영원한 변환입니다.

젊은 날, 맹랑하고 이기적인 역으로 세계적인 스타가 된 한 배우의 이야기, 〈클라우즈 오브 실스마리아〉를 혹시 보셨나요? 니체가 영원회귀의 사상을 깨우쳤다는 그곳이 배경인 영화입니다. 영화에서 펼쳐지는 실스마리아의 풍경은 정말로 아름답다는 말이 무색합니다. 영화는 글을 쓰는 운둔형 작가 빌렘이 거기서 세상을 떠난 소식으로 시작하는데, 죽음 혹은 자살까지도 영원 속으로 흘러들어간 것은 아닐까 하는 물음이 일어나는 곳이 바로 그곳 실

* 올리비에 아사야스 감독의 〈클라우즈 오브 실스마리아Clouds of Sils Maria〉, 2014.

사이먼 코진, 〈실스마리아〉

스마리아였습니다. 과거와 현재가 뒤엉켜있고, 파괴와 창조가 둘이 아닌 실스마리아에서는 길을 잃어도 좋고, 사라져도 좋을 것 같습니다. 어느 곳이나 영원으로 흐르는 순간의 문 같습니다.

실스마리아의 꽃은 말로야 스네이크Maloja Snake입니다. 어느 날 말로야 고개로 구름이 몰려오면 구름은 뱀처럼 뭉실뭉실 스멀스멀, 실스마리아 전체를 휘감고 돕니다. 구름이 원형의 뱀이 되어 돌고 도는 것입니다. 영원 속에서 시간이 돌고 계절이 돌듯이.

말라야 스네이크는 〈클라우즈 오브 실스마리아〉의 중요한 소재이기도 합니다. 주인공 마리아는 열여덟 살에 〈말로야 스네이크〉라는 작품으로 세계적인 스타가 되었습니다. 거기서 그녀는 스무 살 연상의 여자 상사를 유혹하여 자살에 이르게 하면서도 아무런 거리낌이 없는 파괴적인 인물 시그릿을 연기했습니다. 그녀에게 〈말로야 스네이크〉는 잔인할 정도로 솔직한 젊음의 도발을 그린 작품입니다.

이십 년 뒤, 그녀는 리메이크 되는 연극에 출연을 제의받는데, 이제는 이십 년 전 그녀가 철저히 무시했던 그녀의 상대역 헬레나입니다. 시그릿에게 철저히 이용당하고 나서 자살에 이르는, 나이 든 여인 헬레나 말입니다.

그녀는 어쩐지 헬레나 역이 싫습니다. 헬레나의 대사를 외울 때마다 그녀의 열등감도 터져 나옵니다.

"그들이 너의 이야기를 하고 너의 칭찬을 늘어놓는 것은 나를 짓밟는 데 너를 이용하는 것이지."

대사 연습을 하면서 그녀는 못 하겠다고, 거지 같다고 소리를 지릅니다. 대사 연습을 할 때마다 그녀가 잃어버린 것들이 툭툭 튀어나오는 것이지요. 그녀는 자신감이 원천이었던 젊음이 지나

더 이상 젊지 않은데 젊음의 특권에 집착하는 것은
젊은 것도, 젊어 보이는 것도 아니지요.
그저 겉돌고 있는 것입니다.
한 살 한 살 나이 먹음에도 나이 먹지 못하는 이는
젊음에서도, 늙음에서도 소외되고 있습니다.
젊음에 집착하여 젊음을 선망하거나 질투하는 그에게
젊음은 그를 왕따하고,
나이 들면서도 나이를 받아들이지 못하는 그에게
나이는 문을 닫아걸지 모릅니다.

빌헬름 함메르쇼, 〈휴식〉

간 자리에 어쩔 수 없이 올라오는 불안을 감당하지 못합니다.

헬레나의 말을 받는 시그릿의 대사는 뱀처럼 차갑습니다.

"얼마나 불안하고 약한지에 대해 나에게 털어놓는 이유를 모르겠어요. 진짜 이유는 따로 있는 것 같고. 당신이 밤잠을 설치는 이유! 그것은 욕망, 나를 향한 욕망! 채용한 순간 알았지만 재미있어서 내버려두었어요."

아무나 젊음의 시기를 파괴적으로 보내는 것도 아니고, 아무나 파괴적인 젊음에 끌리는 것도 아니지요. 그런 맹랑한 젊음을 이해하지 못하는 자에게 시그릿은 그저 생존을 위해 상사를 이용한 교활한 계집애일 뿐이니까요. 그런데 마리아는 시그릿에게 휘둘립니다. 누구보다도 시그릿을 이해하고 사랑하니까요. 그녀는 관계를, 사랑을, 사람을 파괴하고도 아무렇지 않게 살아갈 수 있는 시그릿의 젊음과 자신감에 흔들려 헬레나가 되지 못합니다. 당연히 헬레나 역에 충실하지 못합니다. 나이 든 헬레나가 매력이 없는 것이 아니라 자기 욕망을 따라가는 젊고 이기적인 시그릿에 집착하고 시그릿에 끌려다니느라 헬레나의 매력을 발견하지 못하는 것이지요.

헬레나 역을 해야 하는 마리아에게 헬레나는 그저 시그릿에게 무시당하고 자살이나 하는 못난 인물이지만, 헬레나의 매력을 본 사람에게 헬레나는 그런 사람이 아닙니다.

마리아의 비서이기도 하고 말동무이기도 한 발렌틴은 헬레나의 매력을 누구보다도 잘 알고 있습니다. 그녀에게 헬레나는 한순간 모든 것을 털어버리고 사라질 수 있는 존재입니다. 말로야 스네이크를 바라보며 사라진 작가 빌렘처럼, 그리고 그곳에서 사라진 그녀 자신처럼.

발렌틴은 문득문득 젊음의 특권에 집착해서 헬레나의 매력을 보지 못하는 마리아에 구역질을 느끼며 마리아와 대립합니다. 글도 물체와 같아서 보는 사람에 따라 달라질 수 있다고.

"시그릿은 잔인하지만, 헬레나는 인간적이에요. 그녀는 파괴적이라는 것을 알면서도 자기 욕망에 충실한 인물이에요."

어쩌면 헬레나가 '교활한 계집애'를 사랑한 것은 파괴의 힘을 알았기 때문이 아닐까요? 당신은 관습적으로, 경제적으로, 윤리적으로 사는 것이 문제가 없는데 어느 순간 모든 것을 깨버리고 돌연 사라질 수 있는 사람을 이해하시나요? 헬레나가 시그릿을 사랑했던 것은 그녀가 바로 그 파괴의 힘을 알았기 때문은 아니었을까요? 인도에서 가장 많이 섬김을 받는 신은 시바, 파괴의 신입니다. 파괴는 신입니다. 파괴가 없이는 아무것도 창조되지 않으니까요.

〈말라야 스네이크〉, 이 연극은 철저히 마리아를 위한, 마리아의 헬레나를 위한 연극이었습니다. 젊음에 집착해서 영원한 시그릿으로 남고 싶었던 마리아만 그 사실을 몰랐을 뿐입니다. 그래서 마리아에게 헬레나의 매력은 감추어져 있습니다. 그녀가 〈말라야 스네이크〉에서 마리아를 떠나며 사라진 발렌틴을 이해하게 될 때까지, 헬레나의 매력을 발견하여 새롭게 변환되기까지 영원의 반복은 계속되겠지요?

아무리 좋은 것도 집착하면 병이 됩니다. 내가 집착하고 있는 시절, 사랑, 사람, 거기 나의 삶의 매듭이 있고 숙제가 있습니다. 그 매듭을 풀 때까지 생은 반복을 계속할 것입니다.

무스비, 시간의 숨바꼭질

과거 어느 시간에 머물러 물처럼 고여 있는 인생은 갑갑합니다. 반대로 마치 방금 무無에서 창조된 것처럼 전통에서 멀리멀리 떠나 과거가 없는 것처럼 행동하는 인생은 막막합니다. 과거 혹은 전통은 우리의 뿌리입니다. 전통이 태양을 가리고 성장을 방해하는 지붕이어서도 안 되지만 뿌리가 없어서도 안 됩니다.

나는 일본 애니메이션 감독 미야자키 하야오와 차세대 미야자키 하야오라고 하는 신카이 마코토를 좋아합니다. 그들의 작품 속에서는 우리가 버리고 달려온, 아니면 서구만 보고 달리다 잃어버린 동양 정신이 고스란히 담겨 있습니다. 그들의 작품을 보고 있으면 이상하지요. 아베는 싫어도 그들에게는 깊은 우애가 생깁니다. 마치 전생에 형제자매였던 것처럼 동아시아 전통을, 동아시아 정신을 공유하고 있습니다, 우리는. 아베를 싫어하는 것이지 일본을 싫어하는 것이 아닙니다.

신카이 마코토의 〈너의 이름은〉은 여운이 긴 작품입니다. 주인공 미츠하는 이토모리라는 시골 마을 신사紳士의 소녀입니다. 신사의 후예답게 그녀는 매듭을 짜고, 술을 빚습니다. 세상에서 가장 오래된 술은 소녀의 입에서 만들어집니다. 정갈하게 신사의 옷을 입은 미츠하와 그 동생 요츠하가 달밤에 춤을 춥니다. 신에게 바치는 춤사위가 끝나면 마지막에 신에게 올린 밥을 꼭꼭 씹어 미음처럼 만들어 뱉어냅니다. 그것을 봉하여 두면 자연 발효되어 다시 신에게 올릴 술이 되는 것입니다. 그렇게 밥과 술이, 신과 인간이, 이승과 저승이, 과거와 현재가, 꿈과 현실이, 할머니와 손녀딸이 이어져 있습니다.

무스비, 잇는다는 뜻이랍니다. 바로 인연因緣이지요. 평생 신사

* 신카이 마코토 감독의 〈너의 이름은Your Name〉, 2016.

를 지켜온 할머니가 매듭을 짜기 위해 실을 꼬며 무스비를 설명하는 장면은 잊을 수 없습니다.

"실을 잇는 것도 무스비, 사람을 잇는 것도 무스비, 시간이 흐르는 것도 무스비……."

그렇게 시처럼, 음악처럼, 꿈처럼, 햇살처럼 몽롱한 시간을 아는 전통 마을이기에 이상하지 않습니다. 꿈속에서 미츠하의 몸과 도쿄의 꽃미남 타키의 몸이 뒤바뀌는 일이. 도시를 동경했던 신사의 소녀는 타키가 되어 도쿄 젊은이의 삶을 살게 되고, 타키는 이상한 마을 이토모리에서 미츠하의 삶을 살게 됩니다.

영화를 본 젊음들이 묻습니다. 실제로 이들이 만난 것은 단 한 번뿐인데 평생을 추구하며 찾게 되는 소중한 이름이 되는 것은 이상하지 않느냐고. 신카이라면 어찌 대답할까요. 모르겠습니다. 그런데 알 듯한 것이 있습니다. 영원으로 들어가는 어떤 순간이 있다는 것! 삶 전체의 의미를 드러내는 그런 시간을 찾아 우리는 시간의 숨바꼭질을 하는 것인지도. 어쩌면 우리의 긴긴 삶은 그런 순간에 대한 각주는 아닐는지요.

〈너의 이름은〉에서는 그런 순간을 '황혼, 기적의 시간'이라고 했습니다. 우리가 '개와 늑대의 시간'이라고 부르는 그 시간은 밤과 낮을 잇는 시간이고, 삶의 이유가 되는 이름을 간직하게 되는 시

안도 히로시게, 〈코지마치 이초메에서의 산노 축제 행렬〉

신에게 바치는 춤사위가 끝나면 마지막에
신에게 올린 밥을 꼭꼭 씹어
미음처럼 만들어 뱉어냅니다.
그것을 봉하여 두면 자연 발효가 되어
다시 신에게 올릴 술이 되는 것입니다.
그렇게 밥과 술이, 신과 인간이,
이승과 저승이, 과거와 현재가,
꿈과 현실이, 할머니와 손녀딸이 이어져 있습니다.

간입니다. 사는 것에 지치고 힘들어 마음속 깊숙이 간직한 그 이름의 의미를 잊었더라도 어느 시간 문득문득 살아온 날들을 돌이켜 더듬을 때 황혼, 그 기적의 시간이 내 꿈이었고 내 방황의 이유였음을 고백하게 되는 날이 온다면 그것으로도 삶은 충분히 아름답지 않을까요.

"한곳으로 모여들어 형태를 만들고, 꼬이고, 엉키고, 때로는 돌아오고, 때로는 끊어지고, 다시 이어지고 그것이 무스비, 그것은 시간……."

인연을 이렇게 시적으로 표현할 수 있을까요. 고이고 엉킨 시간의 뒤틀림과 끊어진 시간의 절망, 돌아온 시간의 공포 혹은 경이, 이어지는 시간의 기적, 그 모든 시간이 모여 이룬 무스비에 감사할 수 있다면 그 삶이야말로 최선이지 않을까요.

오늘이에게 묻다

밥 딜런이 노래합니다. 얼마나 많은 길을 걸어야 한 인간이 비로소 사람이 될 수 있을까, 하고. 밥 딜런의 노래를 듣고 있으면 길 위에서 길을 찾았던 우리의 '오늘이'가 생각납니다. 오늘이는 제주 신화 〈원천강 본풀이〉의 주인공입니다. 이성강 감독이 〈원천강 본풀이〉를 2003년에 애니메이션으로 만들기도 했습니다.

오늘이, 이름이 특이하지요? 오늘이는 어제도 없고 내일도 없

* 이성강 감독의 〈오늘이〉, 2003.

는 인생임을 보여주는 이름이기도 하고, 원래 존재에는 어제도 없고 내일도 없음을 상기시키는 이름이기도 합니다.

오늘이에게는 진자리 마른자리 가려주는 부모가 없습니다. 울타리 없이 자란 오늘이는 하늘과 땅을 부모로 삼고 들판의 학을 친구 삼아 자라납니다. 자연을 믿었기에 가난한 줄 몰랐고, 보호받지 않았기에 자유로웠지만 오늘이는 외로웠습니다. 그런데 그 외로움 속에서 그리움이 자라납니다. 불쑥불쑥 올라오는 갈피 모를 그리움, 그것이야말로 길을 떠나게 하는 원동력입니다.

어느 날 오늘이는 그리운 부모님 이야기를 듣습니다. 바람이 시작하는 곳, 원천강에 가면 부모를 만날 수 있다고! 오늘이는 부모를 찾아, 자기 근원을 찾아 길을 떠나 길을 걷습니다. 그런데 어디로 가야 할까요? 원천강은 어디에 있을까요? 답이 없습니다. 답이 없는데 물음은 있습니다. 진짜 물음이지요. 하이데거가 그랬습니다. '답이 있는 물음은 물음의 형식을 가장한 가짜 물음이라고. 진짜 물음은 답이 없다'고.

갈피 모를 그리움에 이끌려 길을 떠났으나 어디로 가야 할지 막막하기만 할 때는 별다른 수가 없습니다, 길 위에서 헤매는 수밖에요. 헤매다 보면 그리움이 혼란이 되고 두려움이 됩니다. 앞

날에 무엇이 있는지 모르니. 그래도 포기하지 않는 것은 겨우 한 치 앞이 보이기 때문입니다.

나그네처럼 떠돌다 보면 안개 자욱한 날 바로 눈앞만 도와주는 안개등처럼 한 치 앞만 도와주는 존재들을 만납니다. 오늘이의 그림자라 해도 좋은 그 존재들에 기대 오늘이는 방향을 정하고 한 걸음 한 걸음 나아갑니다. 그중 한 송이 꽃밖에 피워내지 못하는 연밭이 있고, 여의주를 세 개나 물고도 용이 되지 못하는 이무기가 있습니다.

오늘이가 연밭에게 원천강 가는 길을 묻습니다.

"저기 아래로 아래로 쭉 가다 보면 남해가 나오는데, 바닷가 절벽 동굴에 여의주를 세 개나 물고도 용이 되지 못한 이무기가 삽니다. 그 이무기가 길을 알려줄 것입니다. 그리고 오늘이 님, 원천강에 가시게 되면 제가 왜 그 많은 꽃봉오리를 가지고도 한 송이 꽃밖에 피우지 못하는지 알아보아주세요."

그 많은 꽃봉오리를 가지고도 한 송이 꽃밖에 피우지 못하는 연밭인데, 오늘이가 원천강에 도달하기 위해 누구를 찾아가야 하는지는 정확히 알지요? '나'에 대해서는 장님이어도 남에 대해서는 똑똑한 우리를 닮지 않았나요?

어찌 되었든 오늘이는 완벽하지 않은 연밭의 말을 들었고, 그대

집착의 상처로 피 흘리는 사람들,
내려놓지 못해 빼앗기는 사람들을 보며
나는 나에게 묻습니다.
나는 나의 여의주가
나를 떠나는 것을 그대로 두고 볼 수 있을까.
온 정성을 다해 내가 피운 꽃 한 송이,
그것을 아무 뜻 없이, 기대 없이,
값없이 던져버릴 수 있을까.

영화 〈오늘이〉의 한 장면

로 했습니다. 그리하여 그 이무기의 도움도 받았습니다. 이무기는 기꺼이 오늘이를 도와 원천강 입구까지 동행해준 것입니다. 이제는 홀로 가야 하는 오늘이와 헤어지면서 이무기가 오늘이에게 자기 물음을 내놓습니다. 남들은 여의주 하나로도 승천하는데, 자기는 왜 여의주를 세 개나 물고도 승천하지 못하는지 알아보아달라는 것이었습니다.

재미있지 않나요? 연밭이든 이무기든 그들은 오늘이에게 가야 할 길을 알려주는 스승이지만, 답을 구하는 제자기도 합니다. 그들은 오늘이처럼 의문을 품은 존재들이고 오늘이처럼 불완전한 존재들입니다. 그들을 만나면서 오늘이는 배웁니다. 길 속에 길이 있고 걸음 속에 답이 있다는 것을.

비로소 원천강에 도달한 오늘이는 오늘의 자유로움을 얻어 이무기에게 답을 줍니다. 여의주를 세 개나 물어 승천하지 못하는 것이라고. 여의주 두 개는 내려놓으라고.

언제나 보물이 문제입니다. 내가 집착하는 것, 포기하지 못하는 것, '나'의 보물인 것이 나의 승천을 방해합니다.

한 송이 꽃만 피우는 연밭에는 두고 보기에도 아까운, 유일한 그 꽃을 그냥 누구에게 던져주라 합니다. 꽃을 바쳐야 꽃이 피는 것이지요? 연밭은 꽃이 어울리는 오늘이에게 기꺼이 꽃을 바칩니다. 비로소 연밭의 꽃들이 여기저기서 피어납니다. 꽃은 생명입니다. 생명은 오늘을 삽니다.

집착의 상처로 피 흘리는 사람들, 내려놓지 못해 빼앗기는 사람들을 보며 나는 나에게 묻습니다. 나는 나의 여의주가 나를 떠나는 것을 그대로 두고 볼 수 있을까. 온 정성을 다해 내가 피운 꽃 한 송이, 그것을 아무 뜻 없이, 기대 없이, 값없이 던져버릴 수 있을까. 한숨만 나옵니다. 그때까지 나의 오늘은 찬란히 빛나지 않을 것이고 나의 오늘이는 길 속에서 길을 찾아 헤맬 것이기에.

3장

영혼의 지도를 사랑하는 사람들

차근차근
천천히!

무엇보다도 그가 인상적이었던 것은 그만이 할 수 있는 인터뷰를 거절하는 '태도'에서였습니다.

"저도 이제 구십이어서 제 시간을 소중히 하고 싶습니다."

그 '소중한 시간'에 그는 낙엽을 모았고, 마당에 열린 과일을 땄고, 정원을 바라보며 아내와 대화했습니다. 그리고 문짝을 뗀 뒤 종이를 떼어내고, 뗀 자리에 새 장지를 발랐습니다. 부인 히데코가 제안한 모양입니다. 이제 이렇게 번거로운 일은 다른 사람을 시키자고. 그는 이렇게 부인을 설득했습니다. 우리가 하니 시간은 걸릴 테지만 그만큼 보이는 것이 있을 것이라고.

두 번째로 인상적이었던 것은 대만에서 책 사인회를 끝내고 나서였습니다. 그는 젊은 시절 대만 해군기지 공장에서 함께 일했던 대만 친구 천칭陳清順의 묘를 찾았습니다. 대만정변에서 총살당했다는 친구의 묘는 엉망이었습니다. 그는 차근차근 그리고 천천히 묘비 옆의 땅을 팠습니다. 거기에 젊은 날 친구가 직접 새겨준, 그가 평생을 지녀온 아름다운 도장을 묻어주었습니다. 그러고는 생수로 그의 비석을 씻겨주었습니다.

"잘 가요, 천군!"

울먹이며 친구에게 이별을 고하는 그 장면을 잊을 수 없습니다.

그가 바로 일본 건축가 츠바다 슈이치입니다. 평생 흙을 만지며 산 건축가 부부의 다큐 영화 〈인생 후르츠〉를 보면서 내 안에서 생명에 대한 감수성이 일깨워지는 느낌을 받았습니다.

츠바다는 경제 개발이 우선이던 1960년대 일본에서 고조지 뉴타운 설계에 참여했습니다. 물론 뉴타운은 츠바다의 설계대로 건축되지는 않았습니다. 고조지가 산이었음을 알려주는 설계로 마

* 후시하라 켄시 감독의 〈인생 후르츠Life is Fruity〉, 2018.

을의 숲을 남겨 바람의 길을 만들고 싶었으나, '경제성'에 밀려 산은 깎여나가고 계곡은 묻혔습니다. 그 자리에 성냥갑 세워놓은 것 같은 건물들 8만 호가 들어선 것입니다.

그는 시끄럽게 저항하지 않았습니다. 어느 순간 조용히 일본주택공단을 그만두었을 뿐입니다. 그리고 1975년, 토지 300평을 샀습니다. 거기에 15평짜리 작고 안락한 집을 짓고, 대부분의 땅에는 나무와 농작물을 심었습니다. 나무 밑에는 수반을 두어 작은 새들이 날아와 물을 먹게 했습니다. 새들의 옹달샘까지 갖춘 그의 정원은 온갖 생명들이 자라고 노는 작은 숲이 되었습니다. 그가 말합니다. 내가 가진 작은 땅으로 작은 숲을 만들면 남들도 그렇게 하지 않겠냐고. 행복한 이가 전하는 행복이 전파되듯 자연의 힘을 아는 이가 만들어낸 자연스러운 정원도 전파되어 그의 동네는 숲 동네가 되었습니다.

가우디가 말했습니다. 모든 해답은 위대한 자연 속에 있다고. 그와 그의 부인은 그 명제를 온전히 이해하고 있었습니다. 싱싱한 오이를 따서 보여주며 활짝 웃는 히데코 할머니의 얼굴은 자연 그 자체였습니다. 그들의 집은 일터로 나가 살기 위한 거점이 아니라 온전한 삶이 가능한 하나의 세상이었습니다. 체리를 따고, 감자를 캐고, 죽순을 캐고, 딸기를 따고, 잼을 만들고, 케이크를 굽

영화 〈인생 후르츠〉의 한 장면

무엇보다도 그가 인상적이었던 것은
인터뷰를 거절하는 '태도'에서였습니다.
"저도 이제 구십이어서 제 시간을 소중히 하고 싶습니다."
그 '소중한 시간'에 그는 낙엽을 모았고,
마당에 열린 과일을 땄고,
정원을 바라보며 아내와 대화했습니다.
그리고 문짝을 뗀 후 종이를 떼어내고,
뗀 자리에 새 장지를 발랐습니다.

영화 〈인생 후르츠〉의 한 장면

그가 말합니다.
내가 가진 작은 땅으로 작은 숲을 만들면
남들도 그렇게 하지 않겠냐고.
행복한 이가 전하는 행복이 전파되듯
자연의 힘을 아는 이가 만들어낸
자연스러운 정원도 전파되어
그의 동네는 숲 동네가 되었습니다.

고, 복숭아를 졸이는 삶이 어찌 그리 살아 있는지. 온전한 삶은 생명들을 보살피며 사는 삶이고, 그렇게 보살핀 생명들이 그들의 생명이 되고, 직관이 되고, 마음의 힘이 되는 것임을 부부는 증언하고 있었습니다.

비가 오면 비가 오는 대로, 바람이 불면 바람이 부는 대로 그들은 집에서, 도시의 숲에서 행복해했습니다.

"바람이 불면 낙엽이 떨어진다. 낙엽이 떨어지면 땅이 비옥해진다. 땅이 비옥해지면 열매들이 영근다. 차근차근, 천천히."

'차근차근, 천천히'가 왜 그렇게 여운이 길었는지 모르겠습니다. 그것은 삶의 노래가 겨우 '전전긍긍, 빨리빨리'였던 시절을 흘려보내기 위함은 아니었을까요. 현대 자본주의 사회는 모든 것을 돈으로 환산합니다. 거기 사는 우리는 종종 삶을 돈으로 환산하다 병에 걸립니다. 돈을 만들기 위해 한눈팔지 않고 빨리빨리, 돈을 벌지 못할까 전전긍긍! 그 빨리빨리와 전전긍긍이 성격으로 정착하면 종종 신경증이 되지요. 그때는 자연이 답입니다.

마지막 작품이 된 사나레 클리닉을 설계하면서 츠바다 씨는 '토지를 전부 쓰겠다는 생각을 버리고 남은 공간에는 가능한 만큼 나무를 많이 심어 사계절마다 제철 과일이 한가득' 하기를 기원했습니다. 우리도 그런 정신으로 살아야 하는 것은 아닐까요.

그늘 속에서 빛을 본 남자

오사카에 가면 안도 다다오가 설계한 교회가 있습니다. 빛의 교회라 부르는 곳! 설교하는 목사의 뒤, 신자들이 바라보게 되어 있는 벽면을 넷으로 나눈 십자가 창에서 빛이 들어오는 교회입니다. 고통의 십자가가 변하여 빛으로 부활하는 이치를 공간으로 보여주는 작은 교회는 공간이 그대로 하나의 우주임을 보여주고 있습니다.

그 교회를 본 이후, 안도 다다오가 어떤 사람인지 궁금했습니다. 아마도 우물처럼 깊은 내향적인 사람, 조용하고 꼼꼼한 사람일 것이라 추측하던 차에 그를 주제로 한 다큐멘터리와 책을 보게 되었습니다. 그는 내가 상상한 그런 사람이기보다 훨씬 자신감 있고 추진력이 있고 친근한 인물이었습니다.

안도는 오사카 사람입니다. 나이가 들자 그는 그를 낳아주고 길러준 오사카를 위해 무언가를 하고 싶었던 모양입니다. 그는 오사카에 벚나무 3,000그루를 심어 벚나무 길을 만들고자 했습니다. 문제는 돈이었습니다. 될까 싶었지만 1만 엔씩 기부받기로 했습니다. 그런데 5만 명이 넘는 시민들이 기꺼이 기부했습니다. 오사카 벚꽃길은 그렇게 조성되었습니다.

나무야말로 최고의 인테리어이지요? 인테리어를 넘어 좋은 이웃입니다. 산책하고 싶게 만들고, 바라보고 싶게 만들고, 마음을 열게 만드는 이웃. 나무는 마을과 마을을, 길과 길을 연결합니다. 나무가 많은 마을만큼 아름다운 마을은 없지요? 그가 벚꽃이 흐드러지게 핀 꽃길을 지나가니 산책 나온 시민들이 그를 알아보고 고맙다고 인사합니다. 돈은 자기네들이 냈어도 그들이 낸 돈을, 걷고 싶은 도시, 아름다운 도시로 승화시켜준 이에 대한 감사였던 것이지요. 세계적 건축가의 고향으로의 회귀는 그 벚꽃길 만큼이

* 미즈노 시게노리 감독의 〈안도 타다오Tadao Ando - Samurai Architect〉, 2016.

나 아름다웠습니다.

그가 말하기를 건축의 기본은 터를 읽는 것이라고 합니다. 터를 읽으려면 터를 사랑하고 이해하고 그 터에 뿌리를 내리고 살아가거나 살고자 하는 생명들과 어우러지는 법을 배워야 할 것입니다. 다큐멘터리를 보고 나니 그의 흔적이 고스란히 묻어 있는 나오시마 미술관에 가고 싶어지네요.

나오시마는 섬입니다. 아름다운 바다 위에 떠 있는 섬인데, 30년 전까지만 해도 사람이 다 떠나 버려진 섬이었다고 합니다. 근대화가 진행되면서 사람들은 그곳을 흙과 자갈과 모래를 퍼다 쓰는 착취의 공간으로만 생각했던 것입니다. 그런 섬에 미술관이라니요?

안도 다다오는 거기에 현대 미술관을 짓고자 하는 이의 마음을 읽었습니다. 미술관을 짓기로 하고 그가 처음 한 일은 섬 전체에 나무를 심는 일이었습니다. 건물은 섬의 경관을 해치거나 가리지 않도록 낮게, 땅속으로 넣었습니다. 그러고는 하늘 쪽으로 창을 내 하늘을 열었습니다. 아름다운 바다와 녹색의 섬, 그리고 철학이 있는 건물과 현대 미술이 있는 나오시마는 사람들을 각성시키며 화려하게 부활했습니다.

나오시마 지추 미술관에는 모네의 방이 있습니다. 빛을 그린 화

오스카 클로드 모네, 〈수련 연못, 녹색 조화〉

지추 미술관에는 모네의 방이 있습니다.

빛을 그린 화가 모네의 정신을 그대로 실현하는 방입니다.

천장에서 들어오는 자연광으로만

모네의 수련을 감상할 수 있는 방!

해가 넘어가면 전시도 끝납니다.

해가 잠을 잘 때면 모네의 수련도 홀로 쉬는 것입니다.

모네를 사랑하는 사람들이 사랑할 수밖에 없는 방입니다.

가 모네의 정신을 그대로 실현하는 방입니다. 천장에서 들어오는 자연광으로만 모네의 수련을 감상할 수 있는 방, 자연광만으로 충분하다는 그 판단이야말로 콜럼버스의 달걀이네요. 그러니 해가 넘어가면 전시도 끝납니다. 해가 잠을 잘 때면 모네의 수련도 홀로 쉬는 것입니다. 모네를 사랑하는 사람들이 사랑할 수밖에 없는 방입니다.

그의 건축의 한 축은 그렇게 빛에서 옵니다. 전공도 아닌데 마냥 건축이 좋았던 그는 가진 것이라곤 체력뿐이었던 이십 대 시절에 유럽을 떠돌며 하루 종일 걸어 다녔다고 합니다. 그렇게 세상이 그의 학교였고 방랑이 그의 학우였던 어느 날, 하늘로부터 쏟아져 들어오는 빛을 내부로 끌어들인 판테온 천정에서 빛이 건축의 기본임을 배웠다고 합니다.

《나, 건축가 안도 다다오》에서 그가 빛에 대해 밝히는 대목이 함께 생각하게 만듭니다. '참된 행복은 적어도 빛 속에 있는 것은 아니라고 나는 생각한다. 그 빛을 멀리 가늠하고 그것을 행해 열심히 달려가는 몰입의 시간 속에 충실한 삶이 있다고 본다. 빛과 그늘, 이것이 나의 나름의 인생관이다.'

그늘 속에서 빛을 보고 그 빛으로 '나'를 깨우는 몰입의 시간, 당신은 언제 그런 시간을 경험했나요?

철학하는 바이올린

최근에 한 방송국에서 영화 〈쉰들러 리스트〉를 방영했습니다. 25년이나 된 영화였으나 다시 봐도 좋은 영화였습니다. 마지막에 흘러나오는 테마곡의 여운은 엔딩 크레딧이 올라가도록 화면을 끄지 못하게 만들었습니다. 겨울날의 햇살처럼 오래오래 즐기고 싶은 그 바이올린을 켠 이는 이차크 펄만입니다. 누군가 그런 이야기를 합니다. 펄만은 바이올린을 켜고 있는 것이 아니라, 바이올린으로 기도를 드리고 있는 것이라고. 와인처럼, 사랑처럼 취하게 하는 그의 바이올린의 힘은 어디서 왔을까요?

〈이차크의 행복한 바이올린〉이라는 다큐 영화를 보니 유대인으로, 장애인으로 그가 얼마나 서럽고 험난한 세월을 잘 건너왔는지 알 것만 같습니다. 어린 시절부터 그는 바이올린 천재였습니다. 그렇게 바이올린을 잘 켜는데, 그럼에도 불구하고 장애인이어서 안 된다는 수군거림이 따라다닙니다. 그런 시절이었습니다. 그럴 때마다 바이올린에 기대 그 슬픔과 억울함을 달래야 했으니 정말로 바닥없는 심연을 딛고 일어서야 하는 느낌이었을 것입니다.

하늘은 스스로 돕는 자를 외면하지 않지요? 펄만은 자신을 장애인이 아니라 천재적 재능을 가진 소년으로 알아본 스승을 만나게 됩니다. 뉴욕은 그에게 새로운 세계였습니다. 거기서 그는 또 지금껏 그를 사랑하고 존경하는 여인을 만납니다. 펄만과 함께 음악을 했던 여인, 무조건 그를 사랑하다 그의 아내가 된 여인, 토비입니다. 남편의 연주를 들으면 살아있는 느낌이 든다는 그 여인!

"살아보면 많은 것이 운이에요."

토비의 말입니다. 스스로 운이 없다고 믿는 사람이 그 말을 들을 때는 좌절에 절망을 더할 수도 있지만, 눈치 보지 않고 당당하게 생을 성취한 사람이 '운'을 운운할 때 거기에는 '겸손'이 있습

* 앨리슨 쉐르닉 감독의 〈이차크의 행복한 바이올린Itzhak〉, 2018.

니다. 내가 잘나서 이룬 것이 아니라는 것, 그러니 이룬 것의 어떤 부분은 돌려줄 수 있다는 것!

이차크와 부인 토비는 음악을 하는 다음 세대를 위해 스쿨을 열고 있습니다. 그들이 세상으로부터 받은 사랑을 다시 세상으로 돌려주는 봉사처럼 느껴지는데, 그들의 생각은 다릅니다. 가르치면서 배우는 것이랍니다. 소통의 힘을 알고 있는 사람들인 것이지요. 누군가가, 음악하는 사람이면 한 번쯤 경험하고 싶은 '펄만 음악 프로그램'에 대해 묻자 펄만은 이렇게 말합니다. 음악은 그저 핑계이고, 삶에 관한 것이라고. 그들에게 음악은 직업을 떠나 삶이고, 철학이고, 아름다움입니다.

펄만이 학생들에게 묻습니다.

"이런 경우는 어떻게 하지요? 누군가가 음정이 약간 틀렸습니다. 직접 틀렸다고 말하는 것은 도움이 안 되는데, 그럼 어떻게 알려주면 좋을까요?"

어떻게 하면 거만하지 않게, 틀린 사람이 상처받지 않게 알려줄 수 있을까요? 그런 물음을 품을 줄 아는 이는 정말 좋은 스승이 아닌가요?

그 프로그램에서 이루어지는 것은 최고의 인재를 만드는 것이 아니라고 합니다. 토비의 말이 재미있습니다. 모두들 최고의 학생

영화 〈이차크의 행복한 바이올린〉의 한 장면

"살아보면 많은 것이 운이에요."
스스로 운이 없다고 믿는 사람이 그 말을 들을 때는
좌절에 절망을 더할 수도 있지만,
눈치 보지 않고 당당하게 생을 성취한 사람이
'운'을 운운할 때 거기에는 '겸손'이 있습니다.
내가 잘나서 이룬 것이 아니라는 것,
그러니 이 이룬 것의 어떤 부분은 돌려줄 수 있다는 것!

들을 어떻게 가르치는지 궁금해하는데 그런 것은 없다고. 아이들은 모두 다른 속도로 성장한다는 것이지요.

음악 인생이 그들에게 인도하는 길이 어찌 그리 아름다운지요. 거기 나도 좋아하는 피아니스트 마르타 아르헤리치와 협연하는 장면이 나옵니다. 펄만이 말합니다. 음악으로 대화를 나누는 관계라고. 마르타의 바흐를 들었을 때 그 소리에 맞추어 소나타를 연주하고 싶었다고.

음악이 말을 걸면 응답한다는 펄만, 음악으로 우리를 꿈꾸게 하는 펄만이 '나'의 꿈을 돌보게 만듭니다. 어찌 음악만 우리를 꿈꾸게 할까요. 열정을 바칠 수 있는 어떤 것이 우리를 꿈꾸게 하는 것이 아닐까요. 당신은 꿈꾸게 하는 어떤 것을 가졌는지요.

꿈은 어디에서 올까요? 꿈도 눈치가 빤해서 잘 먹고 잘 사는 일이 생의 목표가 된 사람들에게는 찾아가지 않습니다. 먹고사는 일 너머 혹은 이전에서 무언가를 좋아하는 사람을 찾아가 그 사람에게 말을 건넬 것입니다. 마치 호기심 많은 친구처럼 그를 건드려 그 안에 있는 고유한 그를 깨우는 것이지요. 이 세상 속에서 자기만의 세상을 만든 사람들, 우리는 그들을 통해 생존이 전부가 아니라는 것을 확인하는 것이 아닐까요.

영혼의 지도,
페르소나

방탄소년단이 세계를 흔들고 있습니다. 세계를 춤추게 하고 있습니다. 방탄소년단의 매력은 무엇보다도 춤입니다. 열정의 젊은이들이 그 무엇으로도 진정되지 않는 어떤 것을 군무로 보여주는 춤이 없었다면 들리지도 않는 가사를 찾아 의미를 파악하려는 의지가 생길 수 있을까요? 춤이 방탄소년단을 시작하게 하고 방탄소년단을 방탄소년단으로 완성시킵니다.

그런데 춤은 어떻게 시작될까요? 내부적 열정인가요, 외부적 훈련인가요? 이 세계를 사는 젊음, 아무것도 보장되지 않은 불안한 열정의 내부에서 잉태된 꿈이 외부적인 훈련의 힘으로 드러나게 된 것은 아닐까요?

방탄소년단의 2019년 앨범이 시선을 끈 것은 무엇보다도 제목 때문이었습니다. 〈영혼의 지도: 페르소나〉, 더구나 앨범을 발표하면서 그들이 지목했다는 세 권의 책 《융의 영혼의 지도》《데미안》《사랑의 기술》은 내가 아주 좋아하는 것들이었습니다.

〈영혼의 지도: 페르소나〉라는 음악은 '나는 누구인가'라는 가사로 시작하고 있네요. '나'는 우주가 제기한 하나의 물음인지도 모른다는 융의 화두가 그대로 녹아 있습니다.

나에게도 융이 평생의 멘토입니다. 융을 알기 위해 가장 편하고 중요한 책은 역시 융의 자서전 《기억, 꿈, 그리고 사상》입니다. 우리 나이로 칠십이 되어 죽을 고비를 넘긴 뒤 융은 '나의 인생은 무의식의 자기 실현의 역사'였음을 발견하고 나서 신들린 듯 자기 인생을 추억하고 기억해내며 정직하게 생 전체를 성찰해갑니다.

융은 자기 심연을 들여다본 자입니다. 융에게는 그 심연에서 올라오는 빛이 있습니다. 진심으로 '나'는 누구인가를 묻는 사람의 빛이. 그런 사람은 돈에 휘둘리거나 명성에 취하지 않습니다. 그 자신이 세계적인 명사였기에 그는 프로이트를 비롯하여 명성이 있는 사람들을 많이 알고 있었습니다. 하지만 가려야 할 것 많고 분칠해야 할 것 많은 그들은 늘 페르소나를 쓰고 있지요?

융은 멋진 페르소나를 쓰고 있는 사람들이 아니라 그 앞에 와서 페르소나를 벗는 환자들에게서 삶의 진실을 배웠다고 하고 있습니다. 그에게 그들은 치료받아야 할 환자라기보다 그의 삶 속으로 걸어 들어와 정신의 비밀을 풀게 만드는 아리아드네의 실타래였습니다. 그는 환자들을 통해 보편적 이론에 잡히는 정신이란 없으며, 정신은 저마다 고유한 길을 통해 '자기'에 이르는 것임을 알려주었습니다. 융은 우리가 넘어진 곳, 우리의 허방, 바로 그곳이 그다음 우리의 성장점임을 일깨워준 멘토입니다.

《데미안》의 주제이기도 한 헤세의 명제를 나는 이것이라 생각합니다. '한 사람 한 사람의 삶은 자기 자신에게로 이르는 길이다!' 영혼의 지도가 있다면 바로 자기에게로 인도하는 그 지도겠지요? 시각 장애인처럼 더듬으며 갈 수밖에 없는 길, 지도라는 말이 무색한 그 지도를 따라 '나'를 찾아가본 적 있는지요?

그 길 위에서 페르소나는 도움이 될까요, 걸림돌이 될까요? 페르소나는 가면입니다. 민낯을 가려주는 가면! 사회생활을 하면서 우리는 가면을 쓰지요? 학생이라는 가면, 선생이라는 가면, 기자

호세 솔라나의 〈마스크〉

라는 가면, 정치인이라는 가면, 대통령이라는 가면, 주부라는 가면……. 그 가면들은 세상이 나에게 기대하는 역할인 동시에 기대에 부응하는 만큼 세상으로부터 나를 지켜주는 울타리가 되기도 합니다. 제대로 된 페르소나가 없는 '나'는 자유인이라기보다 이방인이어서 집단 속에서 자리가 없습니다. 허공을 밟고 서 있기를

빈센트 반 고흐, 〈귀에 붕대를 감은 자화상〉

내가 아는 나와 내가 되고 싶은 나,
그리고 사람들이 원하는 나는 분명히 다릅니다.
내 심연 속에서 엉켜 있는 그 많은 '나'를 만나
윤리적이고 사회적인 페르소나를 벗어버리며
'나'는 누구인가를 물어본 일이 있는지요?
물음이 곧 답이기도 한 그 물음이 심장에서 올라오게 되면
어떠한 페르소나도 괜찮습니다.

기대하는 것과 같습니다. 가면은 그렇게 일차적으로는 집단생활을 하는 '나'를 보호하는 역할을 합니다.

하지만 페르소나는 종종 감옥이 되기도 하지요. 더구나 근사한 페르소나는 썼을 때 집단이 그에게 기대하고 요구하는 것의 무게가 만만치 않습니다. 그 요구가 정당할수록, 그 기대가 화려할수록 '나'에게로 이르는 길을 멀어지고 '나'는 어디로 가야 할지 길을 잃습니다. 영혼이 길을, 지도를 잃는 것입니다.

방탄소년단의 페르소나는 얼마나 근사한가요. 〈영혼의 지도: 페르소나〉는 바로 방탄소년단의 자화상 같습니다. 방탄소년단이 주절거립니다.

"남들이 와서 진주 목걸일 거네. 소원했던 superhero 이젠 진짜 된 것 같아. 근데 갈수록 뭔 말들이 많아. 누군 달리라고, 누군 멈춰서라 해. 얘는 숲을 보라고, 걔는 들꽃을 보라 해."

근사한 페르소나 없이 사는 일도 어려운 일이지만, 페르소나에 갇혀 사는 일도 갑갑한 일입니다. 좋은 것도 내가 좋은 것이어야지 좋다고 강요된다면 피곤한 일이지요. 그러니 자유의 맛을 아는 자는 때때로 기꺼이 그 페르소나를 벗습니다. 페르소나를 벗을 줄 모르면 페르소나는 종종 나를 잡아먹는 괴물이 됩니다.

'실력 있는 변호사'라는 페르소나가 반항하는 자기 아이 앞에서 무슨 힘을 쓸 수 있을까요? '성공인'이라는 페르소나를 벗어버리지 못하면 내 속의 상처 입은 내면 아이를 억압할 수는 있어도 달래줄 수는 없습니다.

"내가 기억하고 사람들이 아는 나, 날 토로하기 위해 내가 스스로 만들어낸 나, yeah 난 날 속여왔을지도, 뺑쳐왔을지도, but 부끄럽지 않아, 이게 내 영혼의 지도. Dear myself 넌 절대로 너의 온도를 잃지 마, 따뜻히도 차갑게도 될 필요 없으니까. 가끔은 위선적이어도, 위악적이어도 이게 내가 걸어두고 싶은 내 영혼의 척도."

내가 아는 나와 내가 되고 싶은 나, 그리고 사람들이 원하는 나는 분명히 다릅니다. 내 심연 속에서 엉켜 있는 그 많은 '나'를 만나 윤리적이고 사회적인 페르소나를 벗어 버리며 '나'는 누구인가를 물어본 일이 있는지요? 물음이 곧 답이기도 한 그 물음이 심장에서 올라오면 어떠한 페르소나도 괜찮습니다. 그때가 되면 '나'는 그것을 홀연히 벗고 쓸 수 있을 테니.

데미안,
자기에게로 이르는 길

한 사람 한 사람의 삶은 그 자신에게로 이르는 길이라고 했지요? 그것이 《데미안》의 주제라고. 그런데 그 삶을 이루는 것은 무엇일까요? 혹 꿈 혹은 꿈의 이면인 절망이 아닐까요?

무엇인가를 간절히 원해본 적 있으시지요? 마치 전생에서부터 원해온 것 같은 느낌으로 그렇게, 욕망인지, 소망인지, 탐욕인지 구분이 무의미할 정도로 간곡히, 원해본 적이 있으신가요? 유명한 문장이지요? 파울로 코엘료의 저 말! 《연금술사》 속 말은 그럴 때 의미가 있는 말입니다. "무언가를 간절히 원할 때 온 우주는 그 소망이 실현되도록 도와준다네."

원하는 것을 해보라고 합니다. 그런데 원하는 것을 해보라고 하면 힘이 나세요, 당황스러우세요? 혹 내가 원하는 것이 무엇인지 모르지는 않으세요? 해야 하는 것을 생각하면 분명해지는데, 하고 싶은 것을 생각하면 깜깜해지거나 모호해져서 할 수 없는 이유만 줄줄이 떠오르지는 않으세요? 그렇다면 아직 내 속에서 솟아 나오려고 하는 것이 힘이 붙지 않은 것입니다. 헤세도 말했습니다. 내 속에서 나오려는 것, 바로 그것을 살아보려 했는데 그것이 그토록 어려웠다고. 《데미안》의 가장 유명한 문장은 바로 거기에 닿아 있습니다.

"새는 알을 깨고 나온다. 알은 새의 세계이다. 태어나려고 하는 자는 하나의 세계를 깨뜨려야 한다. 새는 신에게로 날아간다. 그 신의 이름은 아프락사스!"

아프락사스는 선이면서 동시에 악을 품고 있는 신이지요? 생각해보니 오랫동안 무슨 뜻인지도 모른 채 좋아하고 암기했던 문장이었습니다. 이번에 다시 《데미안》을 읽는데 단순히 선과 악의 통합을 이야기하는 책이 아니었습니다. 선악을 넘어서 이르게 되는 '자기'를 이야기하는 책이었습니다. 《데미안》은 새가 되려는 알 속 생명의 의지, 바로 그 의지를 아는 자의 책이고 그 의지를 일깨우

로렌스 타데마의 〈명암의 94단계〉

는 책이기도 합니다.

제목은 '데미안'이지만, 《데미안》의 주인공은 데미안이라기보다 싱클레어입니다. 원래 싱클레어는 밝고 선하고 반듯하기만 한 행복한 집안의 아들입니다. 그런데 초등학교 시절 어느 날, 그는 학교 폭력에 시달립니다. 악동 크로머가 그의 약점을 잡고 그를 협박해서 집안의 돈을 훔쳐오게 한 것입니다. 거짓말과 도둑질이 반복되면서 괴로운 시절을 보낸 그가 고백합니다. '나의 죄악은 내가 악마에게 손을 내밀었다는 사실 자체였다'고.

아직 악을 대면하고 다룰 힘이 없었던 어린 시절 그를 구해준 것은 데미안이었습니다. 데미안이 말합니다.

"사람은 어느 누구도 두려워할 필요가 없어. 누군가를 두려워한다면 그것은 자기를 지배하는 힘을 그 누군가에게 내주었기 때문이야."

데미안과의 인연으로 그는 벗어나고 싶었던 어두운 경험을 부끄러워하지도, 외면하지도 않고 수용할 수 있게 되어 이렇게 회상하게까지 됩니다.

"그렇다. 그때 나는 카인이었고, 그의 표적을 달았던 나는 이 표적은 치욕이 아니라고, 이것은 표창이라고 함부로 상상했다. 악의와 불행을 겪었기 때문에 내가 아버지보다 더 높은 곳에, 선하고 경건한 사람들보다 더 높은 곳에 서 있다고."

악을 경험하는 것이 중요한 것은 선악을 넘어서 있는 자기 열정을 믿고 따르고 돌보게 하기 때문입니다. 내 속에서 솟아오르는 열정은 무엇보다도 선악을 넘어 있습니다. 그것이 경험이 되어 나올 때 그 의지는 꿈이 되기도 하고, 모험이 되기도 하고, 사랑이 되기도 하고, 증오가 되기도 하고, 투쟁이 되기도 하고, 불행이 되기도 하고, 악이 되기도 합니다. 용기가 되기도 하고, 비겁이 되기도 하고, 인내가 되기도 하고, 심성이 되기도 합니다. 그 모든 것을 합쳐 '운명'이라 부르는 것이겠지요?

데미안과의 대면 이후 싱클레어는 자기 열정을 따라가는 인간이 됩니다. 물론 그때그때 간절히 원하는 것, 그러니까 자기 열정의 대상은 그의 성장과 함께 달라집니다. 한때는 그 스스로가 베아트리체라 이름 붙인 소녀였고, 한때는 파스칼리아를 연주하는 음악가였으며, 마침내 에바 부인이었습니다. 열정은 불꽃이어서 끝없이 변하지만 그 불꽃은 '그'의 불꽃이어서 그의 성장을 도와주며 그의 길을 인도합니다. 그는 사춘기 성적 욕망을 어쩌지 못해 방탕아가 되기도 했지만, 단 한마디 말도 나누어본 적 없는 소녀를 통해 정화되기도 했습니다. 내면의 극심한 변화에 대해 한마

"우리가 어떤 사람을 미워한다면 우리는
그의 모습 속에 바로
우리 자신 속에 들어앉아 있는
그 무엇인가를 보고 미워하는 것이지.
우리 자신 속에 있지 않은 것,
그것은 우리를 자극하지 않아."

티치아노 베첼리오, 〈카인의 살해〉

디도 할 수 없는 침묵의 시기를 겪기도 했습니다. 그 모두가 자기 자신에게로 가는 길 위의 한 걸음 한 걸음이었습니다.

불을 사랑하던 시절 싱클레어의 고백이 인상적입니다.

"불을 들여다보는 것은, 내 안에 잠재되어 있었지만 사실은 한 번도 보살핀 적이 없었던 내면의 성향들을 강화하고 확인시켜주었다."

1919년, 이미 유명 작가였던 헤세는 《데미안, 한 젊음의 이야기 Demian, Die Geschichie einer Jugend》라는 제목으로 이 작품을 발표했는데, 그때 그는 헤세라는 이름을 쓰지 않고 에밀 싱클레어라는 가명을 썼습니다. 독문학자 전영애 교수에 따르면 'Sinclair'는 흔하지 않은 독일 이름으로, 원래 '후반생을 광기에 사로잡혀 살았던 천재 시인 횔덜린의 친구 이름'이라고 합니다. 광기에 사로잡혀 지냈던 천재 시인이 마음으로 의지했던 친구 이름이라 하니 소설 속 싱클레어와 데미안의 관계가 겹쳐지지요? 싱클레어라는 이름에는 '자기'에 이를 수만 있다면 '광기'라는 징검다리조차도 두려워하지 않는 자의 빛이 있습니다.

광기와 이성, 밤과 낮, 악과 선, 여성적인 것과 남성적인 것, 고통과 행복, 안전과 모험, 모든 대립하는 것은 서로를 거쳐 자기가 됩니다. 서로서로 싸우면서 사랑하고, 그렇게 사랑하면서 번뇌를 별빛으로 만드는 것이지요? 그러니 광기를 모르는 이성, 악을 외면하는 선, 고통을 두려워하는 행복, 모험을 차단하는 안전은 가짜입니다. '나'에게로 이르는 길이 아니라 '나'를 외면하게 만드는 벽입니다.

누군가를 미워해본 적 있으신가요? 누군가가 두려워 그 앞에서 비위만 맞추고는 그 관계를 깨지도 못하고 고뇌만 해보신 적은요? '나'와 인연 있는 사람들에게서 느끼는 감성은 실체라기보다 모두 '나'의 그림자인지도 모릅니다. 내가 미워하고 증오하는 사람들까지 말입니다.

"우리가 어떤 사람을 미워한다면 우리는 그의 모습 속에 바로 우리 자신 속에 들어앉아 있는 그 무엇인가를 보고 미워하는 것이지. 우리 자신 속에 있지 않은 것, 그것은 절대로 우리를 자극하지 않아."

데미안의 입을 빌린 헤세의 이 통찰이 놀랍지 않나요? 인연 있는 사람에게서 느끼는 상황들이나 감성들은 나 자신에게 이르는 길 위의 한 걸음 한 걸음입니다. 나는 그들을 만나 나를 들여다보는 거울 하나를 얻은 것이며 그 덕에 여기까지 온 것입니다.

데미안이 사라진 자리에서 마침내 싱클레어는 그가 자신 안에 자리 잡고 있음을 깨닫게 되지요? 헤세가 니체에게서 배우고 스스로에게서 확인한 '자기'를 헤세는 데미안의 입을 빌려 이렇게 쓰고 있습니다. "우리 속에는 모든 것을 알고, 모든 것을 하고자 하는, 모든 것을 우리 자신보다 더 잘해내는 어떤 사람이 있다."

그 어떤 사람은 니체가 '자기' 혹은 알려지지 않은 내 속의 현자라고 불렀던 그것입니다. 차라투스트라는 이렇게 말했습니다.

"형제여, 너의 사상과 생각과 느낌 배후에는 더욱 강력한 명령자, 알려지지 않은 현자가 있다. 이름하여 그것이 바로 자기다."

문득문득 그 자기를 느껴보셨는지요?

바주데바,
경청하는 자

그 작가는 창문만 열면 펼쳐지는 정경이 마음에 들었습니다. 산 밑의 정원 같은 넓은 뜰이 마치 집에 딸린 마당 같았으니까요. 그래서 얼른 그 집을 계약했습니다. 그 집에서 조용히 살다 보면 도시에서 받은 상처까지 말끔히 아물 것 같았습니다.

그런데 이사 오자마자 알게 되었습니다. 그가 처음 보는 순간부터 마음에 들어했던 그 공간은 그만 좋아하는 곳이 아니라는 사실을. 동네 아이들이 매일 거기 와서 놀았습니다. 그 집은 조용하지 않았고, 그는 조용히 거할 수도, 작업할 수도 없었습니다. 그렇다고 기분 좋게 노는 아이들에게 소리를 질러 내쫓을 수도 없는 일이었습니다. 그는 아이들을 관찰하기 시작했습니다. 매일매일 출근하다시피 하는 아이는 다섯. 그는 아이들에게 다가가 이렇게 말하며 천 원씩 주었습니다.

"얘들아, 너희들이 여기 와서 이렇게 즐겁게 노니, 아저씨가 행복하구나. 과자 사 먹어라!"

그저 노는 것인데 돈까지 생기니 아이들은 이게 무슨 횡재냐며 좋아했습니다. 그다음 날도, 그다음 다음 날도 아이들은 그렇게 천 원씩 받았습니다. 아이들은 차츰 노는 것보다 돈 받는 일을 더 좋아했습니다.

일주일을 그렇게 한 뒤, 작가는 더 이상 돈을 주지 않았습니다. 그러자 아이들은 아저씨가 잊어버렸을 거라며 창가 바로 밑에 와서 더 크게 놀았지만 그는 내다보지도 않았고, 아이들은 돈 받는 일에 대한 기대로 이미 노는 일에 흥미를 잃어버렸습니다. 그다음 날도, 그다음 다음 날도 돈을 주지 않자 한 아이가 결단한 듯 이렇게 말했습니다.

"야, 우리 여기서 놀지 말자, 저 아저씨 이제 돈 안 준다!"

세상에, 돈 천 원에 놀이터를 잃어버린 것이지요? 종종 눈앞의 작은 이익을 챙기느라 삶을 잃어버린 우리 같지 않으세요? 꽤 오래전에 이와 비슷한 이야기를 라디오에서 들었는데, 그 이야기가 문득 생각난 것은 헤세의 《싯다르타》를 읽다가였습니다. 거기 내가 좋아하는 인물 중에 바주데바가 있습니다. 그는 강을 건너는 사람들을 위해 노를 젓는 뱃사공입니다.

수많은 사람이 강을 건너기 위해 배를 탑니다. 돈을 벌기 위해 혹은 결혼식에 가기 위해 혹은 순례를 위해 강을 건너는, 대부분의 그들에게 강은 그저 장애물입니다. 목적이 생기면 때론 엄청난 것을 잊어버리지요? 뜰에서 놀면서도 뜰을 보지 못해 돈 천 원에 뜰을 팔기도 하고, 강을 건너면서도 강을 보지 못하고 현재에 있으면서도 현재를 살지 못합니다.

"아주 소수의 사람에게만 이 강이 장애물이 아니었는데, 그 이유는 그들이 강에 귀를 기울여 강의 소리를 들었기 때문입니다."

오랜 시간을 강에 살면서 강물을 사랑하게 된 바주데바는 강물의 소리를 듣는 현자가 되어 있었습니다. 같은 강물에 두 번 발을 담글 수 없다면서요? 헤라클레이토스의 말입니다. 끊임없이 변하는 무상한 세계를 일컫는 말이지만, 그래도 강은 또 거기 그대로 있습니다. 끊임없이 흐르지만 언제나 거기 존재하는 강물에서 영원과 순간이 둘이 아님을, 헤라클레이토스도, 바주데바도 본 것입니다. 순간에, 현재에 온전히 거하는 일 없이 영원과 순간이 하나라는 시간의 비밀은 열리지 않습니다.

현재에 거하는 자는 과거에 사로잡히지 않고 미래에 대한 두려움에도 사로잡히지 않습니다. 현재에 거하기 때문에 잘 관찰하고 잘 듣습니다. 조급한 사람, 목적이 있는 사람, 열정에 사로잡힌 사람은 경청하는 척할 수는 있어도 경청하지 못합니다. 지금 이 순간 오로지 느긋하게 현재에 거할 줄 아는 사람만이 경청할 수 있습니다.

싯다르타가 본 바주데바는 경청하는 자였습니다. 축복은 바로 진심으로 들을 줄 아는 사람에게 삶의 고뇌를 털어놓은 일이지요? 그때 번뇌가 별빛으로 바뀌는 연금술이 일어나니까요.

"그보다 더 진지하게 남의 말에 귀 기울일 줄 아는 자는 거의 없었다. 싯다르타는 느낄 수 있었다. 한 마디 말도 하지 않은 바주데바가 싯다르타의 말을 조용히 받아들이고 있음을. 한 마디도 놓치지 않고, 조급하게 다음 말을 기다리는 법도 없이, 칭찬의 말이나 비난의 말도 없이 가만히 마음을 열고 듣고 있음을."

스스로에게 절망한 싯다르타의 이야기를 잘 들어준 그에게 싯다르타가 이렇게 말합니다. "남의 말을 귀담아 들어줄 줄 아는 사람은 드뭅니다. 당신만큼 남의 말을 들어주는 사람을 나는 만나

부드러운 것이 강한 것을 이기는 이치를 아는 싯다르타가
사랑으로 아이를 구속해서
날마다 아이를 부끄럽게 만들고 있는 것은 아닌지!
아이를 제대로 살게 하고 싶은 마음이
아이의 내면의 소리를 경청하지 못하는 이유입니다.

아브라함 얀선스, 〈헤라클레이토스〉

보지 못했습니다."

남의 말을 잘 들어주시나요? 무엇보다도 바라는 것이 있으면 경청하지 못합니다. 헤세의 싯다르타가 어느 날 찾아든 보물 같은 아들에게 그랬던 것처럼. 싯다르타는 아들이 없는 행복보다 아들과 함께 하는 고통이 좋다고 고백하고 있지만, 부와 게으름에 길든 아들은 아버지에게 저항하며 바르고 온화한 아버지를 떠날 기회만 엿보고 있습니다. 그때 바주데바가 나섭니다. 부드러운 것이 강한 것을 이기는 이치를 아는 싯다르타가 사랑으로 아이를 구속해서 날마다 아이를 부끄럽게 만들고 있는 것은 아닌지를 되묻습니다. 아이를 제대로 살게 하고 싶은 마음이 아이의 내면의 소리를 경청하지 못하는 이유라는 것입니다.

"누가 그대를 윤회에서, 죄업에서, 탐욕에서, 어리석음에서 지켜주었나요? 그대 아버지의 훈계가, 스승들의 경건함이, 그대의 지식이 그대를 지켜주었나요? 어느 아버지가, 어느 스승이 지켜 서서 그대를 말릴 수 있었나요? 설령 당신이 아들 대신 열 번을 죽어준다 해도 그것으로 아이가 스스로 겪어야 하는 운명을 한 치나 덜어줄 수 있을까요?"

무서운 진실이지요? 경청하기 위해서는 우선 '나'를, 나의 욕심을, 나의 어리석음을 경청해야 하지요? 나를 사랑하는 사람만이 타인을 사랑할 수 있듯 나의 소리를 들을 줄 아는 사람만이 타인의 소리를 경청할 수 있습니다.

타고르가 말했습니다. 왕자의 옷을 입고, 목에 보석 줄을 감고 다니는 아이는 도무지 즐겁게 놀 수 없다고. 옷이, 보석이 짐이 되고 있기 때문입니다. 무엇이 나의 짐인지, 무엇이 나를 번잡하게 하고 어지럽게 하는지, 성난 강물처럼 흐르는 맹목적 사랑이 어떤 고통으로 오는지, 나는 또 그 고통을 감당할 수 있는지, 버려야 할 것들을 보물처럼 안고 사는 내 욕심은 어떤 탄식 소리를 내는지, 돈 천 원에 놀이터를 잃어버린 내 치기는 어떤 분노로 올라오는지, 사랑이 지나가고 젊음이 지나간 무서운 적막은 어떤 노래를 만드는지 경청해보지요, 우리!

4장

당신 앞에 놓인 함정

라푼젤,
엄마의 초상

살생과 하인들 학대를 많이 한 이기적인 청제 부인은 여러 지옥을 거칩니다. 그것이 어찌 나쁜 일 한 이는 지옥에 간다는 응박이겠습니까? 그보다는 자기 업을 정화하는 시간, 그 시간의 길이일 것입니다. 아비지옥을 거쳐 겨우 흑암지옥으로 올라온 그녀는 그제야 아들 목련을 볼 수 있었습니다. 어머니로 인해 지옥 구제에 나선 목련은 밥 한 끼 제대로 먹지 못하는 어머니에게 밥 한 덩이를 올립니다. 그런데 그녀는 아들 목련이 건네주는 밥을 제대로 먹지 못합니다. 한 손으로 다른 이들이 먹을까 경계하면서 다른 한 손으로 밥을 받는데, 그 밥도 그녀가 내뿜는 불기 때문에 바로 새까맣게 타버리니까요.

그 그림이 인상적이었던 것은 그것이 우리 사는 모습이기 때문이었습니다. 내 사랑이 나뿐 아니라 다른 이에게 잘 할까, 집착하고 경계해서 그 사랑을 충분히 누리지 못했던 경험, 혹시 없으셨나요? 가족 이기주의에 갇혀 내 자식만 주겠다고 모아 놓았다가 자기도 쓰지 못하고 자식들 유산 싸움만 하게 만드는 그림을 주변에서 종종 보고 있지 않으신지요?

부모로 인해, 자식으로 인해 삶이 지옥이 되는 경우, 많습니다. 가까운 사이일수록 기대와 애착이 미움이 되고 애증이 되어 나도 모르는 사이에 지옥을 만들고 있는 경우, 종종 있지요? 부모에 지친 자식들이 적지 않고, 자식 때문에 후드득 후드득 눈물을 흘려야 하는 부모들이 적지 않습니다. 우리가 목련존자도 아닌데, 그 지옥을 어찌 건너갈까요? 너무나 넓고 깊어서 도무지 지나갈 수 없을 것 같은 지옥들을.

애니메이션 〈라푼젤〉 보셨습니까? 원작인 그림 형제의 동화와

* 네이슨 그레노, 바이론 하워드 감독의 〈라푼젤Tangled〉, 2010.

라푼젤의 특징은 머리카락이지요?
윤기 나고 풍성한 황금빛 긴 머리카락입니다.
그것은 빛나는 여성성의 상징이겠습니다.
화폭을 가득 채우는 황금빛의 연인이 인상적인
크림트의 <키스>를 기억해보십시오.
세상도 없고 나도 없는 경지,
전 인생을 관통하는 한순간의 황홀을.
거기 교감의 황홀을 표현해낸 황금빛,
그것은 바로 황금빛의 풍성한 긴 머리를
연상시키는 것이지요?

영화 〈라푼젤〉의 한 장면

는 분위기도, 주제도 달라졌지만, 원작만큼이나 좋은 애니메이션 〈라푼젤〉은 과보호 시대에 딸에게 어머니가 어떤 존재인지를 보여주는 중요한 작품입니다. 나는 그 유명한 이야기를 집착으로 지옥을 만드는 엄마의 초상으로 읽습니다.

극성스러운 엄마들이 있지 않나요? 세상은 위험한 곳이라며 모든 것을 다해주면서 스스로는 아무것도 하지 못하는 자식을 만드는 엄마들 말입니다. 〈라푼젤〉의 고델이 그렇습니다. 그녀는 라푼젤을 문도 없고, 계단도 없는 탑에 가두어놓고 그녀 자신은 길고도 기름진 라푼젤의 황금빛 머리카락에 의지해 바깥세상으로 나다닙니다. 아시지요? 동화에서부터 유명한 문장.

"라푼젤, 라푼젤! 네 머리카락을 늘어뜨리렴!"

라푼젤의 특징은 머리카락이지요? 윤기 나고 풍성한 황금빛 긴 머리카락입니다. 그것은 빛나는 여성성의 상징이겠습니다. 화폭을 가득 채우는 황금빛의 연인이 인상적인 크림트의 〈키스〉를 기억해보십시오. 세상도 없고 나도 없는 경지, 전 인생을 관통하는 한순간의 황홀이 있음을 그 그림만큼 관능적으로 보여주는 그림도 드뭅니다. 거기 교감의 황홀을 표현해낸 황금빛, 그것은 바로 황금빛의 풍성한 긴 머리를 연상시키는 것이지요?

라푼젤은 바로 그 황금빛 머리카락의 주인공입니다. 그 머리카락을 밧줄 삼아 탑을 오르락내리락했던 고델은 분명히 라푼젤의 젊음을 질투하고 학대하는 엄마입니다. 그녀는 자식에 기대 세상을 살고 자식의 젊음을 착취해 세상을 누비고 다니는, 자식 없이는 빈껍데기뿐이며 성숙하지 못한 엄마의 초상이겠습니다. 고델은 가짜 엄마이고, 실체는 마녀가 아니냐고요? 글쎄요, 엄마의 어두운 그림자를 보여주자니 차마 '엄마'라 할 수 없어 마녀로 등장시킨 것은 아닐까요? 꿈까지 대신 꾸며 꿈까지 통제하려 하는 엄마로 인해 버겁고 숨이 막히는 자식들이 엄마를 마녀로 인지하는 것은 당연지사입니다.

동화에서는 그 머리카락으로 인해 왕자가 탑으로 들어오지요? 감출 수 없는 아름다움을, 아름다움의 폭발하는 열정은 엄마의 탑 속에 가둘 수 없는 것입니다. 왕자와 비밀스러운 사랑을 나눈 라푼젤이 엄마보다 그이가 훨씬 가볍다고 해서 마녀를 노하게 한 것으로 보아 머리카락이 감싸 안고 싶었던 것은 엄마가 아니라 남자였던 것이지요. 그림 동화는 우리가 이해하는 동화를 넘어서 있습니다. 원래 독일에서 전해 내려오는 이야기를 재구성한 것이라고 하지요? 그래서 그런지 원작은 동화라는 말이 무색하게 잔인하고 관능적입니다.

동화 속 마녀는 임신한 라푼젤의 머리채를 움켜쥐고 싹둑싹둑

잘라버리고 황야로 내쫓습니다. 거기서 라푼젤은 쌍둥이 남매를 낳고 외롭고 고단하게 살아갑니다. 고독한 황야는 바로 다시 태어나 고유한 길을 가야 하는 존재의 탄생지입니다. 눈을 잃은 왕자를 다시 만날 때까지 라푼젤은 긴긴 광야의 시간을 버티고 견디며 성장해야 했습니다.

라푼젤은 '양상추'라는 뜻입니다. 원래 라푼젤은 요정의 정원에서 싱싱하게 자라는 상추의 정기를 받고 태어났습니다. 아마 독일에서 상추는 거침없는 생명력의 상징이었나 봅니다. 그런 생명력의 라푼젤이니 평생 엄마의 탑 속에 갇혀 있지는 않을 테지요.

그래서 그런지 동화에서 마녀는 라푼젤을 쫓아내는 악역일 뿐 어찌 보면 라푼젤의 성장을 도와주는 엄마입니다. 외롭게 살더라도, 고단하게 살더라도 엄마를 떠나야 자기 삶을 꾸리니까요. 엄마의 사랑은 자식을 독립하게 합니다. 하지만 엄마의 집착은 독립하려는 자식을 자꾸자꾸 끌어들입니다.

애니메이션 〈라푼젤〉은 엄마의 그 집착을 강조했습니다. 고델이 탑 밖으로 나가고 싶어 하는 라푼젤을 기죽이며 반복적으로 부르는 노래가 있지요? "세상은 위험해, 순진한 너는 어림도 없어, 엄마가 널 지켜줄게" 하는 대목 말입니다.

"나를 믿어라, 아가야. 엄마는 다 알아. 네가 둥지를 떠나겠다고 하다니, 이런 날이 올 줄 알았다. 엄마는 다 알아. 세상은 너무나 무서운 곳이야. 도둑과 강도 들짐승과 독벌레, 험상궂은 사내들까지. 엄마 곁을 떠나지 말아라. 엄마는 다 알아. 엄마 말을 들어라. 너 혼자는 어림도 없어."

초등학교 때부터 시간 관리, 공부 관리, 몸 관리 해주는 엄마. 그런 엄마 덕택에 대학에 들어간 자식들이 많습니다. 오죽하면 엄마 실력 없으면 명문 대학에 가지 못한다고 이야기할까요. 대학에 들어간 자식을 위해 시간표까지 짜주는 엄마도 보았습니다. 그 엄마 없이는 매사가 서툴고 두려워 매사를 엄마에 기대는 자식은 '자기'가 없습니다. 당연하지 않나요? 자기의 길을 걸어본 적이 없는데 어떻게 자기가 생기겠습니까? 그저 엄마가 원하는 인간 혹은 엄마 기대에 미치지 못해 자기 비하에 익숙한 못난 어른이 되는 것이지요. 몸은 컸어도 마음속에는 내면 아이가 웅크리고 앉아 엄마 없는 세상을 두려워하는 한 세상은 위험한 곳입니다.

한때는 나의 탯줄이었고 조금 더 성장해서는 나의 울타리였던 엄마, 그 엄마가 갑갑하거나 답답한 탑으로 느껴지면 이제 자기만의 집을 지을 때가 된 것입니다. 그럼에도 불구하고 여전히 자식에 대한 걱정 때문에 잔소리하고 질책하는 엄마의 집착과 두려움에 거리를 유지하지 못한다면 당신은 탑 속의 라푼젤입니다. 당신을 믿고, 당신 속의 열정을 믿고 탑 밖으로 나올 준비를 해야 하는! 안전 속에 안주하면 안전하지도 못합니다. 이제는 안전이 아니라 자기의 길입니다.

엄마의 그늘

진정한 사랑은 두려움을 이긴다면서요? 그런데 두려움의 벽 속에 갇힌 사랑이 많은 것을 보면 진정한 사랑이란 쉽지 않은 모양입니다.

드라마 〈스카이 캐슬〉 보셨습니까? 거기 '캐슬'에 살면서 오십이 되도록 허물을 벗지 못하고 엄마의 그늘에서 벗어나지 못한, 잘 나가는 의사 강준상이 나오지요? '어머니가 공부 열심히 하라고 해서 학력고사 전국 1등까지 했고, 어머니가 의대에 가라고 해서 의사 되었고, 어머니가 병원장 되라고 해서 그거 해보려 기를 쓰다' 운명의 뒤통수를 맞은 인물입니다.

그 엄마는 도대체 무슨 힘으로 평생 아들을 조정하고 며느리 위에 군림할까요? 돈의 힘입니다. 정확히는 돈의 뒤에 숨어 돈을 권력으로 사용하고 있는 것이지요. 사춘기 맞은 딸을 둘이나 키우고 있는 며느리를 며느리로 인정하지 않고도 꼿꼿하게 살아갈 수 있는 것은 아무나 할 수 있는 일이 아닙니다. 그래도 시어머니라고 찾아가는 며느리는 착한 며느리인 것이 아니라 목적이 있는 며느리입니다.

서울대 의대를 보내줄 코디에게 줄 돈 수십억 원이 필요했던 며느리는 딸을 서울대 의대에 합격시켜 당당하게 며느리로 인정받고 싶다며 그 돈을 해달라고 시어머니에게 무릎을 꿇습니다. 허영심으로 똘똘 뭉친 시어머니가 무엇을 원하는지 똑똑히 알아서 자기의 허영심이 원하는 것을 얻어내는 것이지요. 그 시어머니의 그 며느리입니다. 그런데 아십니까? 할머니로부터 수십억 원을 지원받은 손녀가 제일 싫어하는 인물이 할머니라는 것을. 허영심이 하는 일이 그렇습니다.

허영심은 일종의 두려움입니다. 시어머니 윤 여사를 볼까요? 남편 의사, 아들 의사인 것이 평생의 자랑인 그녀는 '3대째 서울대 의대를 나온 의사'를 만든다는 말에 평소 천박하다고 경멸해온 며

'3대째 의사 가문'이라는 망상으로 인해
자기 삶을 살지 못하는 여인은 안타깝지도 않습니다.
병이기 때문입니다.
끝내는 손녀에게
서울대 의대가 그렇게 가고 싶으면
할머니가 가면 될 것 아니냐는 직격탄을 맞은
그녀의 병적인 인생은 치유될 수 있을까요?
그녀는 아마 남편 빼고 자식 빼고 난 뒤의
자기의 모습을 보기나 한 것일까요?

산드로 보티첼리, 〈팔라스와 켄타우로스〉

느리에게 그날로 수십억 원을 보내는, 어처구니없는 여인입니다.

'3대째 의사 가문'이라는 망상으로 인해 자기 삶을 살지 못하는 여인은 안타깝지도 않습니다. 병이기 때문입니다. 끝내는 손녀에게 서울대 의대가 그렇게 가고 싶으면 할머니가 가면 될 것 아니냐는 직격탄을 맞은 그녀의 병적인 인생은 치유될 수 있을까요? 그녀는 아마 남편 빼고 자식 빼고 난 뒤의 자기의 모습을 보기나 한 것일까요?

허영심 뒤에 숨어 있는 한 고립될 수밖에 없지요. 아무도 허영심 덩어리를 좋아하지 않으니까요. 윤 여사가 파국을 맞은 것은 그가 집착해서 결코 놓아주는 일이 없었던 잘난 아들에 의해서입니다.

"어머니가 병원장 되라고 해서 그리 해보려 기를 쓰다 내 새끼인 줄도 모르고 혜나를 죽였잖아요? 지 새끼인 줄 모르고 출세에 눈이 멀어 낼모레 쉰이 되도록 어떻게 살아야 되는지 모르는 놈을 만들어놓았잖아요, 어머니가."

가장 소중한 존재를 제물로 바치고 겨우 시작하는 아들의 홀로서기는 평생 '잘난 아들'에 집착해온 엄마의 파국입니다. 놓지 못하면 그렇게 빼앗기게 되어 있는, 그것이 인생입니다.

며느리 한서진은 어떤가요? 학벌 좋고 배경 좋은 사람들이 사는 곳, 그곳을 캐슬이라 명명하고 거기에 어울리는 사람인 척하기 위해 가난하고 평범했던 학창 시절을 세탁한 여인입니다. 원래부터 부자였던 것처럼, 명문 대학에서 티 없이 공부했던 공주였던 것처럼. 그 콤플렉스가 문제인 것은 그것이 그녀를 움직이는 사령관이 되고 있기 때문입니다. 그녀와 가장 가까운 사람들, 바로 아이들과 남편, 그리고 자기 자신이 그녀 콤플렉스의 희생양입니다.

학벌 좋고 배경 좋은 사람들이 사는 곳, 캐슬은 거대한 학력 콤플렉스가 중요한 동력인 우리 사회의 자화상인지도 모르겠습니다. 나이 오십이 되고서도 학벌이 중요한 이상한 사회 말입니다. 오죽하면 외국 언론이 우리 사회를 '원 샷 소사이어티the one-shot society'라고 했겠습니까? 대학 졸업장이 평생의 힘이거나 짐인 사회 말입니다.

명문 대학을 보내기 위해 고군분투하고 고군분투를 통해 돈을 갖고, 권력을 갖고, 든든한 직업을 갖고, 잘난 아이들을 갖고, 명예를 갖고, 건강을 갖고, 그렇게 가진 사람일수록 그것을 놓기는 힘듭니다. 그것의 힘이 그의 에고를 강하게 했기 때문입니다. 그 에고는 두려움의 집에 살고 있습니다.

에고는 '참된 나'가 아닙니다. '참된 나'는 에고 너머에 있습니다. 융은 그 참된 나를 '자기'라고 했습니다. 산다는 것은 그 자기에 도달하는 과정이라고.

진정한 사랑은 두려움을 이깁니다. 실망을 이기고, 노여움을 삼키고, 질투를 극복하고 불안을 넘어서 진정한 사랑에 도달하기까지 우리는 얼마나 많은 눈물을 흘리며 그 눈물로 나의 아집을 녹여야 하는 건지요. 다행히 그 눈물을 통해 한서진은 곽미향의 시절을 회복할 것 같지요?

내면의 비판가

그러고 보니 나의 고3 아침도 커피로 시작했습니다. 한 잔, 두 잔, 지금 생각해보니 사발 커피였네요. 깨지 않는 잠을 깨우기 위해 마시는 커피는 약이자 독이었겠지요. 늘 잠이 부족했습니다. 그렇게 커피를 마셔대도 버스 안에서도 자고, 책상에서 엎어져 자기도 했습니다. 졸릴 때 자고, 배고플 때 먹는, 그 자연스러운 욕구를 거스르는 일은 그만큼 어려운 것이지요?

〈잠 못 자고, 아침 거르고, 운동 안 하고, 옆으로만 크는 아이들〉이라는 제목의 신문 기사를 읽었습니다. 고교 3학년 학생들 절반 이상이 하루에 6시간도 자지 못하는 것으로 확인되었다고 합니다. 세상이 그렇게 달라졌건만 지금 고교생의 하루는 1980년대를 한 치도 건너오지 못한 것 같습니다.

머리를 바닥에 대자마자 잠드는 나이에 잠을 줄이는 것은 고문입니다. 먹어도 먹어도 배고픈 나이에 아침 식사 대신 '10분만 더!' 자는 일은 시간과의 전쟁입니다. 친구를 좋아하는 마음이 공감력으로 발전하기도 전에 친구를 경쟁자로 여겨야 하는 패러다임은 적을 만드는 삭막한 지름길입니다. 그렇게 욕구를 무시하고, 원하는 것을 미루고, 해야 하는 일을 하다 보면 제일 익숙해지는 것이 감정 억제겠지요?

나의 감정을 억제하고 산 사람이 남의 감정을 존중할 수 있을까요? 인사권을 쥐고 있는 사람의 눈치를 보면서 그 사람이 하는, 웃기지도 않은 아재 개그에 가짜 웃음을 지어 보일 수는 있어도 아픈 사람, 상처 난 사람의 마음을 살피기는 힘듭니다. 감각도, 감정도 억압하다 보면 무디어집니다. 자기 감각이 무디고 자기 감정이 목석인데 어떻게 남의 감정, 남의 판단, 남의 삶의 방식을 공감해주고 존중해줄 수 있을까요?

정신이 성장하는 청소년기에 원하는 것을 미루고, 잠도 줄이고, 한눈도 팔지 않고 목표만을 상기하다 보면 어느새 그것이 성격이 됩니다. 이기적이거나 공격적이 되고, 급해지거나 탐욕적이 됩니다. 목표가 생기면 급해지고 목표가 사라지면 힘이 빠져 불안해지거나 우울해져서 다시 목표를 찾게 됩니다. 그러다 보면 삶은 성취가 되고, 성취가 아닌 것은 제대로 된 삶이 아니어서 무시하거나 외면합니다. 원하는 것보다는 해야 하는 것을 하게 되고, 내가 원하는 것보다는 목표가 원하는 것을 원하는 것입니다. 그러다 보면 어느새 '나'는 목표의 전사가 되어 있습니다.

《어린 시절 상처가 나에게 말한다》를 쓴 울리케 담이라는 학자가 있습니다. 그녀는 한눈팔지 않고 논문 많이 쓰고 부지런히 살면서 심리학자로서의 경쟁력을 갖추었습니다. 그러다 40대 중반, 중견 학자가 되고 그때부터 여기저기 아프기 시작했습니다. 몸의 힘이 빠지는 나이가 되자 소화하지 못한 삶의 그림자가 드러나 몸이, 삶이 그동안 받은 스트레스를 터트리기 시작한 것입니다.

아프다고 볼 수 있는 것은 아니지만 아프지 않으면 보지 못하는 삶의 비밀이 있습니다. 앓으면서 그녀는 그녀의 그림자 속에서 늘 채근했던, '늘 빨리빨리, 부지런히'를 외쳤던 '엄마'를 만났다고 합니다. 일하지 않으면 먹지도 말라고 했던 엄마가 내면의 비판가가 되어 그녀의 삶을 이끌고 있었던 것입니다. 성과가 없으면 제

나의 감정을 억제하고 산 사람이
남의 감정을 존중할 수 있을까요?
인사권을 쥐고 있는 사람의 눈치를 보면서
그 사람이 하는, 웃기지도 않은 아재 개그에
가짜 웃음을 지어 보일 수는 있어도
아픈 사람, 상처 난 사람의 마음을 살피기는 힘듭니다.
감각도, 감정도 억압하다 보면 무디어집니다.

에른스트 루트비히 키르히너, 〈죽은 자들의 춤〉

대로 사는 것이 아니라고 채찍질을 해왔던 엄마의 채찍에 길들어 있었던 어린 시절의 상처 입은 내면 아이를 만난 것입니다.

앓으면서 그녀는 그때 왜 엄마가 그렇게 채근했는지를 이해했습니다. 부지런하지 않으면 살 수 없었던 시절이었으니까요. 그러고 나서 그녀는 엄마가 임명해놓은 내면의 비판가를 놓아주고 비로소 '성과' 이상의 삶, 소소하지만 삶을 따뜻하게 데워주는 작은 행복들을 발견할 수 있었습니다.

'내면의 비판가'가 있습니다. 내가 하는 일마다 부족하다고, 더 해야 한다고 평가하고 채찍질하는 그는 도무지 만족을 모르는 내면의 정죄자입니다. 나도 몰랐던 내 꿈이 나를 깨고 나오려 하는 사춘기에 내면의 비판가가 활성화되면 자기 뜻대로 살 수가 없습니다. 아니, 자기 뜻을 알아채기조차 어렵습니다. 보호나 안정보다는 모험을, 규제보다는 자유를 추구할 수 없습니다. 강물에 배를 띄워 보내듯 언젠가는 그를 보내야 합니다. '나'를 사회에 적응하게 해주어서 고맙다고, 너와의 인연은 여기까지라고 인사하고 보내야 합니다. 그렇지 않으면 늘 자기 의지를 꺾고 '성과'의 의지를 내면화하면서 '성과'의 머슴처럼, 하녀처럼 살아야 합니다.

당신의 크리스마스 캐럴

세상은 무엇으로 이루어져 있을까요? 그 물음에 '불'이라고 대답한 이는 헤라클레이토스였습니다. 아마도 그가 본 것은 태양이었겠지요? 만물이 모두 태양에 목숨 빚을 지고 있으니 당연합니다. 불타오르는 태양이 없었다면 생명의 온기는 생기지 않았을 테니까요.

태양에게도 생일이 있을까요? 동양이든 서양이든 옛사람들은 해가 가장 짧아지는 동지를 태양의 생일로 여겼습니다. 밤이 가장 긴 날인 동지를 동양에서는 일양一陽이 싹트는 날로 여겼고, 서양에서는 그즈음인 12월 25일을 태양신의 탄생일로 생각했습니다. 바로 그 태양신의 탄생일을 예수의 탄생일로 선포한 것은 4세기, 로마 교회였습니다. 그것이 우연 같지는 않지요? 교회에서 그리스도는 모든 생명의 근원입니다. 그러니 불로서 모든 생명의 근원이 되고 있는 태양신의 탄생일을 예수의 탄생일로 삼은 것은 지극히 자연스럽습니다.

크리스마스, 하늘 아기의 탄생일입니다. 당신은 당신의 크리스마스라고 할 크리스마스를 경험하신 적이 있나요? 크리스마스는 기적입니다. 새 생명이 잉태되는 기적, 스크루지 같은 자린고비의 삶까지도 바꾸는 기적! '나'의 크리스마스를 경험하면 닫힌 마음이 열리고 인색하게 굽어 있는 손이 이웃을 향해 펼쳐지지요? 그러면 안에서부터 생을 긍정하는 미소가 올라와 굳은 얼굴이 풀립니다.

잘 웃으십니까? 웃으면 복이 온다면서요? 오랫동안 삶에서 웃음이 사라졌다면 틈이 사라진 것이지요? 빛이 들어올 틈이, 바람이 들어올 틈이, 다른 사람들이 들어와 뿌리를 내려 서로 간직하는 사이가 될 틈이.

《크리스마스 캐럴》의 주인공 스크루지는 그 틈이 없는 사람입니다. 물샐 틈 없이 빡빡하게 돈이나 세고 있는 스크루지는 고립의 병을 앓고 있는 것이지요? 서로서로 의존해서 살아가는 사람들이 그 의존성을 무시하고 홀로 고립되었다는 것은 어쩌면 삶에서 버림받은 것이고, 삶을 버린 것인지도 모릅니다.

그는 왜 그렇게 고립 속에서 살까요? 젊은 날 지독했던 가난이 뼈에 사무쳐 아등바등 돈을 모았으나 돈을 모으는 것이 목적이 되다 보니 모으기만 한 것이지요. 제일 두려운 것이 가난뱅이로 살다가 죽는 것이라고, 정직하게 돈 버는 일이 무엇이 잘못된 것이냐고 방어하는 그를 논리로 승복시킬 수는 없겠습니다. 싫으면 떠날 수밖에요. 그러니 그에게 친구가 없고 이웃이 없는 것은 자연스러운데, 그런 사람들이 대부분 자기 감정의 쓰레기통으로 사용하고 있는 부인도 없지요? 가난한 시절 서로 좋아하고 의지하여 약혼까지 한 여인도 이렇게 말하며 그를 떠났습니다. "당신은 세상을 두려워해요. 영혼이 변하고, 사는 모습이 변했어요. 이제 나는 당신에게 가치 없는 존재가 되었으니 그만 헤어지지요."

돈에 집착하며 인색하게 굴다 참 좋은 여자를 잃었습니다. 그래도 그는 바뀌지 않았습니다. 여전히 물샐 틈 없이 돈 새는 것을 막는 일만 하고 사는 스크루지의 고립된 삶에 그 뒤로 오랫동안 아무도 들어오지 못했습니다. 인색하기 그지없는 그를 좋아할 사람은 없었으니까요.

자신이 얼마나 외로운 인생인지도 자각하지 못하는 그는 나이 들수록 더욱 고집스럽게 변해갔습니다. 많은 돈을 벌지 못하는 성실한 사람들을 무시하는 일이 그의 유일한 취미였습니다. 돈 뒤에 숨어 인생을 망치고 있는 것이지요.

그날도 역시 그는 '땅에는 평화, 이웃에게는 사랑을'이라 노래하는 사람들을 대놓고 무시했습니다. 사람들이 일하지 않는 크리스마스가 싫다며, 그냥 놀고먹으며 기부나 받으려 하는 게으른 자들을 기쁘게 해주기 싫다는 게 이유지요. 그의 빡빡한 인생관이 적나라하게 드러납니다.

크리스마스가 기적인 것은 그렇게 일그러진 그에게도 크리스마스가 찾아온다는 것이지요? 하지만 크리스마스가 햇살처럼, 기도처럼, 솜사탕처럼 찾아든 것이 아니라 그에 걸맞게, 평생 사무실에 갇혀 돈만 세다 죽은 동업자 말리의 혼령으로, 죽음의 공포로 찾아들었습니다.

한 번도 '나'의 일이라 생각지 않았던 죽음은 그에게 까마득한 공포의 세계였습니다. 그것은 지금껏 움켜잡고, 때로는 그 뒤에 숨기도 하는 재물이 어떠한 힘도 되지 않는다는 것을 한순간에 알리며 '나'를 절벽 위에 세운 매정하고도 무서운 힘이었습니

얀 스테인, 〈무용교습〉

돈에 집착하며 인색하게 굴다 좋은 여자를 잃었습니다.
그래도 그는 바뀌지 않았습니다.
자신이 얼마나 외로운 인생인지도 자각하지 못하는 그는
나이 들수록 더욱 고집스럽게 변해갔습니다.
많은 돈을 벌지 못하는 성실한 사람들을 무시하는 일이
그의 유일한 취미였습니다.
돈 뒤에 숨어 인생을 망치고 있는 것이지요.

다. 현실보다 더욱 현실 같은 환상 속에서 그는 봅니다. 부지런히 돈을 벌며 살아온 자기의 죽음을 아무도 슬퍼해주지 않고 기려주지 않는 현실을. 돈독이 올라 진정 소중한 것을 놓쳐온 초라한 자기 죽음의 이야기에 참담해하며 부끄러워하며 그는 다시 태어납니다.

죽음을 느끼고 있는 새는 그 소리가 구슬프고, 죽음을 기억하면서 인간은 비로소 진실해진다지요? 잘 살기 위해서는, 제대로 살기 위해서는 죽음을 기억해야 하나 봅니다. 죽음의 공포에 뒤통수를 얻어맞고 나서야 스크루지는 자기를 돌아보게 됩니다. 그를 사로잡은 채 그에게 채찍질을 했던 힘이 가난에 대한 두려움이었음도 알게 됩니다.

가난이 문제인 것이 아니라 가난에 대한 두려움이 문제지요? 모으고 또 모아도 여전히 배가 고픈 그가 어떻게 자기를 위해, 남을 위해, 세상을 위해 돈을 쓸 수 있었겠습니까? 돈 한 푼에도 벌벌 떠는 그는 가난을 두려워하는 마음에 속아 평생을 돈의 노예로 살아왔던 것입니다. 평생을 돈 세는 일로 인생을 낭비했다며 후회하는 말리의 혼령은 바로 스크루지의 그림자였습니다. 그림자를 만나고서야 비로소 자기가 왜 그렇게 돈에 집착하고 살았는지도 깨우치며 스크루지는 스스로를 풀어주게 됩니다.

윌리엄 아돌프 부그로, 〈천사들의 노래〉

돈의 속박에서 벗어나니 비로소 돈이 보입니다. 그의 돈은 물처럼 생명수가 되어 사람을 살립니다. 누군가의 밥이 되고, 연료가 되고, 노래가 됩니다. 남을 향해 미소를 보내기 시작하고 세상을 향해 손을 내밀기 시작합니다. 사람들과 함께 밥상에 둘러앉고 사람들과 함께 노래를 부릅니다. 그의 인생에 크리스마스가, 기적이 찾아온 것이지요.

크리스마스는 하늘 아기가 나에게로 온 날입니다. 당신의 인생에서 당신의 크리스마스는 언제, 어떤 모습으로 찾아와 당신 안에 하늘 아기를 낳았는지, 아니면 낳고 있는지요? 하늘 아기가 당신의 품에서, 당신의 울타리에서 매일매일 한 뼘씩 커지는 햇빛을 받아 자라나고 있다면 비록 당신이 사는 곳이 마구간처럼 비루한 곳이어도 삶 자체는 비루해질 틈 없이 환하게 빛나 동방 박사 세 사람을 부를 것입니다.

'나'의 하늘 아기가 '나'를 향해 화사하게 웃고 두려움 없이 손을 뻗고 있다면 '나'도 그 힘에 이끌려 미소를 잃지 않으며 인연 있는 누군가를 향해 손 내밀게 되지 않을까요? 하늘 아기는 신적 존엄, 내 자존감의 원천입니다.

주윤발에게서 배우다

'아무것도 바라지 않는다. 아무것도 두렵지 않다. 나는 자유다.'

세계에서 가장 유명한 묘비명, 니코스 카잔차키스의 묘비명입니다. 바라지 않으니 두렵지 않은 것이지요? 바람과 기대는 중력이어서 바라는 것이 있으면 조바심과 두려움이 생기고, 기대하는 것이 있으면 거기에 묶입니다. 쥐고 있는 것, 포기할 수 없는 것이 있으면 날 수 없습니다. 우리가 질퍽거리는 진흙탕에서 지지고 볶고 뒹굴다 하늘을 향해, 자유를 향해 날지 못하고 푸덕거리기만 하는 이유겠습니다.

바라지 않음, 내려놓음, 자유를 훔쳐본 자의 세상입니다. 가진 것이 오히려 비상飛上을 방해하는 짐이라는 것을 알게 되는 경지가 있나 봅니다. 거지처럼 살아도 왕처럼 부러운 것이 없는 경지! 오히려 왕처럼 가진 것이, 평범하지 않은 것이, 이제는 버겁다고 스스로 가진 것을 내려놓게 되는 경지…….

홍콩 배우 주윤발 소식을 들으셨지요? 8,100억 원이나 되는 재산을 모두 기부했다고 합니다. 김제동의 말대로 영웅이 본색을 드러내 보인 것이지요. 영웅의 본색은 영웅이 아니라 현자에 가까웠습니다. 그의 향기가 천 개의 바람이 되어 여기저기 퍼져갑니다.

그는 이제 행복하고 평범한 사람이 되는 것이 꿈이라고 하네요. 그것도 꿈이니 바라는 것이 아니냐고요? 그런 바람은 바라지 않는 바람, 집착 없는 바람입니다. 보통은 집착 없는 바람을 서원誓願이라고 하는데, 그의 소박한 꿈은 서원이라기보다는 인생을 충실히 살면서 느낀 세계관이라는 생각이 드네요.

평범한 적이 없는 그가 평범을 꿈꾸는 것을 보니 그 옛날 국어 교과서에 배웠던 춘원 이광수의 문장이 떠오릅니다. 금강산에서 비로봉을 보고 그가 던진 그 문장, '위대는 평범이외다' 하는 문장 말입니다. 그 문장 때문에 비로봉을 보고 싶어 했는데, 아직 보지 못했네요. 평범이 위대인 것은 아니지만 분명 위대는 평범이지요?

"행복하고 평범한 사람이 되고 싶습니다."

그의 말이 종소리처럼 울려 퍼집니다. 주목받지 않은 삶이 평범한 삶이고 주목받지 않아도 좋기만 한 삶이 행복한 삶이지요? 그런 생각을 하는 그의 기부가 어찌 '대단하다'는 찬사를 바랐겠습니까? 적은 재산도 움켜쥐고 놓지 않은 우리에게 모범을 보이며 우리를 부끄럽게 하기 위한 일도 아니었을 것입니다. 그는 선한 일을 한다는 마음도, 모범을 보여야 한다는 강박도 없었을 것입니다. 그렇다면 온전히 내려놓은 것은 아니었을 테니까요.

궁금하지 않으세요? 평생 모은 재산을 넉넉히 그리고 선선히 내려놓을 수 있는 그 마음이 어떻게 가능한 일인지. 8,100억 원, 그의 평생이 얼마나 화려하고 잘 나갔는지를 보여주는 금액입니다. 동시에 겉으로 드러난 그의 평생의 상징이라고 할 수 있는 돈이었습니다. 그 평생을 한순간에 내려놓으며 조용히 그가 한 말을 새겨봅니다.

"그 돈은 내 돈이 아닙니다."

영혼의 말, 영혼에서 나온 말이지요? 사는 데 필요하지 않은 것을 내려놓을 수 있는 마음, 미래에 대한 두려움이 있으면 생기지 않는 마음입니다. 자기를 믿고, 현재를 살 수 있어야만 생기는 마

주윤발의 멋은
욕심을 부려본 적이 없었다는 데 있는 것이 아니지요?
욕심을 부려본 적이 없고 달려본 적이 없다면
그 천문학적인 숫자의 재산을 모았을 리 없을 테니까요.
그의 멋은 평생 열정을 다해 모은 것을
아깝다고 생각치 않고,
자발적으로 내놓았다는 데 있는 것입니다.

음입니다.

부자로 소문난 사람이 있었습니다. 그에게는 아들이 있었는데, 언제나 부잣집 아들이라는 수식어만 따라다니는 아들이었습니다. 혼인 시장에서 그것은 중요한 조건이었나 봅니다. 여기저기서 중매를 서겠다는 사람이 많았으니까요. 마침내 그 아들이 결혼했는데, 상대는 그 사람이 부자라는 것을 아는 지인의 조카였습니다. 혼인은 일사천리로 진행되었습니다. 그런데 또 얼마 되지 않아 소문이 돌았습니다. 여자 쪽에서 엄청난 위자료를 청구하며 이혼을 요구했다는 거였습니다. 부를 보고 결혼하고 나면 부만 가지고 살 수 없다는 것을 깨닫게 되는 모양입니다. 남자의 어머니를 더욱 가슴 아프게 한 말은 중매했던 지인이 했다는 이 말이었습니다.

"어리석긴, 뭐 그 재산이 자기 것인가, 다 하나님이 주신 거지."

돈이 돈이 아니라 자기의 열정이고, 울타리이고, 사랑일 때가 있습니다. 마음이 열려 스스럼없이 자연스럽게 흘러 누군가의 밥이 되고, 일이 되고, 힘이 되는 돈 말입니다. 그런 돈은 돈이 아니라 사랑입니다. 그렇지만 '돈은 돌아 돈'이라며 나누어 쓰자고 덤비는 이를 만나면 턱, 기가 막히는 일이지요? 그것은 나누어주는 것이 아니라 빼앗기는 거니까요. "하나님이 주신 거야, 우리는 그저 잠시 맡았을 뿐이고"라는 말은 내려놓은 자의 깨달음일 때는 감동이지만 빼앗는 자의 욕심일 때는 놀부의 박입니다. 표적일 뿐이니까요.

욕심을 부려야 할 때가 있고, 내려놓아야 할 때가 있습니다. 꽉 쥐게 되는 때가 있고 쥐었던 손을 펴게 되는 때가 있습니다. 달리게 되는 때, 달려야 할 때가 있고, 멈추게 되는 때 멈추어야 할 때가 있습니다. 뒤돌아보게 되는 때가 있고 되돌아보아서는 안 되는 때가 있습니다.

주윤발이라고 욕심을 부려보지 않았겠습니까? 그의 멋은 욕심을 부려본 적이 없었다는 데 있는 것이 아니지요. 욕심을 부려본 적이 없고 달려본 적이 없다면 그 천문학적인 숫자의 재산을 모았을 리 없을 테니까요. 그의 멋은 평생 열정을 다해 모은 것을 아깝다 생각치 않고 자발적으로 내놓았다는 데 있는 것입니다.

"그 돈은 내 돈이 아닙니다." "돈은 행복의 원천이 아닙니다." 주윤발의 말이 여기저기서 꽃으로 피어오릅니다. 그 상식적인 말에 힘이 붙는 까닭은 그가 삶에서 건져 올린 지혜의 말이기 때문이겠지요?

돈만 있어 행복할 수 없다는 것은 누구나 알고 있습니다. 하지

영화 〈와호장룡〉의 한 장면

만 또 누구나 알고 있지요. 돈이 없어 행복하기는 어려운 법이라는 사실을. 돈이 없어 하지 못하고, 누리지 못하는 일은 의외로 많습니다. 그래서 사람들은 러셀의 '돈이 있다고 품위 있는 인간이 되는 것은 아니지만 돈이 없는 사람이 품위 있게 사는 일은 어려운 일이다.'라는 문장을 좋아하나 봅니다. 소득이 높을수록 행복지수가 높다는 여론 조사는 러셀의 생각을 지지해주는 것이지요.

자본주의 속에 사는 많은 우리는 돈이 없어 하지 못하는 일의 공포 때문에 돈, 돈, 돈 하다가 돈의 권력에 사로잡혀 자유인이 되지 못하고 수인囚人으로 사는 경우가 종종 있습니다. 그러니 또 그에 대한 짝으로 돈을 권력으로, 남을 통제할 수단으로 쓰는 것이 버릇된 사람들도 있는 것입니다.

주윤발이 말합니다. 돈을 얼마나 버느냐 하는 것은 인생에서 중요한 일이 아니라고. 진짜 중요한 일은 평화적인 사고방식을 유지하며 사는 일이라고 합니다. 지금 평화로우신지요?

미쓰백은
미쓰백이 싫어요?

미쓰백은 부지런합니다. 세차장에서, 마사지실에서 백상아는 열심히 일합니다. 그런데 그녀는 열심히 산다는 말보다는 기를 쓰고 산다는 말이 더 어울립니다. 기를 쓰고 위악적으로! 어린 소녀의 눈에도 그것이 보입니다. 길거리에서 우연히 만난 어린 소녀가 "아줌마"라고 하자, 아줌마 아니라며 '미쓰백'이라고 부르라 교정해줍니다. 어린 소녀 지은이의 말이 미쓰백의 주제를 요약하고 있습니다.

"미쓰백은 미쓰백이 싫어요?"

미쓰백에게는 그녀가 원하면 언제든지 그녀를 받아줄 준비가 되어 있는 듬직한 남자도 있습니다. 그 남자가 건네준 파카를 입은 것으로 봐서 그녀는 그를 싫어하지 않습니다. 아니, 좋아합니다. 그런데 그녀는 자기 따위가 무슨 결혼이냐며 그녀를 배려하고 아끼는 남자를 고집스럽게 밀어냅니다. 어린 소녀도 본능적으로 알고 있는 것, 그녀는 자기 삶을 존중하지 않고 있습니다.

그녀가 그렇게 사는 것은 소화되지 않는 과거가 장애가 되어 그녀의 현재를 억누르고 있기 때문입니다. 그녀의 감정은 과거에 얽매여 있습니다. 툭 하면 그녀를 두들겨 패고 마침내 버린 엄마를 용서할 수 없는 것입니다. 엄마가 폐암으로 춥고 외롭게 세상을 떠나 한 달 만에 발견되었습니다. 법적 보호자 자격으로 죽은 엄마의 시신을 보고도 그녀는 눈물 한 방울 흘리지 않고 이렇게 말합니다.

"저 여자, 대체 어떤 꼴로 죽었는지 확인하기 위해 온 거야."

좋은 작품이라고, 한지민의 연기가 짱이라고 여기저기서 이야기를 하기에 영화 〈미쓰백〉을 보았습니다. 그런데 세상에, 무슨 영

* 이지원 감독의 〈미쓰백〉, 2018.

학대당하는 아이들은 자기 소리가 없습니다.
저항의 말이나 진실의 눈물을 흘리는 순간
돌아오는 것은 더 큰 학대이기 때문입니다.
학대당하며 성장해서
학대하는 어른이 된 사람들도 울지 않습니다.
성장 과정에서 그들의 눈물샘이 말라버렸기 때문입니다.

영화 〈미쓰백〉의 한 장면

화가 이리도 우울한가요. 스크린이 꿈을 파는 것이라면 영화는 완전 실패입니다. 그런데도 여운은 깁니다.

늘 화가 나 있는 미쓰백의 구원은 의외로 자기처럼 버려진 어린 소녀에게서 옵니다. 길거리에서 오돌오돌 떨고 있는 소녀, 늘 배를 곯고 있는 소녀, 몸 여기저기에 상처가 나 있는 소녀, 길거리에서 우연히 마주친 그 소녀가 자꾸만 눈에 밟힙니다. 가족에게 학대당하는 것이 뻔한 그 아이가. 그녀는 자기를 지키듯 아이를 지킵니다. 아니, 버려진 그 아이를 지킴으로써 버려진 자기를 지켜 나가는 법을 배우고 있는 것입니다.

소녀 지은이는 백상아의 상처 입은 내면의 아이입니다. 지은이를 돌보고 지킴으로써 백상아 내면 아이의 상처가 치유되고 있는 것입니다. 소녀와의 연대감이 생긴 백상아가 마침내 이렇게 말합니다.

"나는 무식해서 가르쳐줄 것도 없고, 가진 것이 없어서 줄 것도 없어. 대신 네 옆에 있을게. 지켜줄게."

진실은 나이를 가리지 않는 법입니다. 아이도 그 사랑의 말에 공명합니다.

"나도 지켜줄게요."

분명하지요. 둘은 서로를 지킬 것입니다.

학대당하는 아이들은 자기 소리가 없습니다. 저항의 말이나 진실의 눈물을 흘리는 순간 돌아오는 것은 더 큰 학대이기 때문입니다. 학대당하며 성장해서 학대하는 어른이 된 사람들도 울지 않습니다. 성장 과정에서 그들의 눈물샘이 말라버렸기 때문입니다. 학대당하는 아이들, 학대 속에서 성장했기에 과거가 소화되지 않은 사람을 위해 영화가 대신 울어주고 있습니다. 이 영화가 학대받아와서 학대하는 어른이 된 사람들의 거울이 되어 그들이 하는 학대가 얼마나 무섭고 위험한 것인지를 일깨워주는 등대이기를 바랍니다. 이제 겨우 아동 학대에 관심이 생긴 우리 사회의 거울이 되기를 바랍니다.

아랑 전설,
스스로 놀라 죽지 않기 위하여

세상에서 가장 불행한 직업은 우리나라의 전직 대통령이라지요? '청와대'라는 장소를 탓하는 풍수학자들도 있습니다. 지금 청와대는 행복하게 들어갔다 불행을 뒤집어쓰고 나오는 곳이라고. 그런 곳이 있을까요? 생각해보니 우리의 옛이야기 속에는 종종 그런 곳이 있었습니다. 《장화홍련전》이나 〈아랑 전설〉에 나오는 관아 같은 곳. 세상을 구제하겠다는 청운의 꿈을 안고 과거에 급제하여 원님이 된 이들이 부임하여 하룻밤을 넘기지 못하고 죽어간 곳들입니다.

아랑이라는 처자가 있었습니다. 일찍 어머니를 여의었으나 원님인 아버지가 목숨처럼 아낀 순수한 소녀였습니다. 달빛 좋은 어느 날 밤, 강 좋고 바람 좋은 영남루에서 휘영청 떠오른 달에 탄성을 보내던 그 소녀를 겁탈하려던 사내가 있었습니다. 소녀는 죽을 힘을 다해 원하지 않는 남자에 저항했으나 힘에 부쳤습니다. 좋아할 수 없는 남자의 품에 안기는 일은 모욕이어서 그녀는 스스로 목에 칼을 꽂고 죽었습니다. 뜻을 이루지 못한 괴한은 소녀를 대밭에 던져 상황을 은폐합니다. 사내가 아니라 괴물이었습니다.

딸을 잃은 아버지는 병을 얻어 고향인 한양으로 올라갔습니다. 그리고 후임 부사가 도래합니다. 그는 하룻밤 사이에 죽어 나옵니다. 다른 부사가 부임합니다. 그도 하룻밤을 넘기지 못하고 죽어 나옵니다. 또 다른 부사가 부임합니다. 그도 죽어 나옵니다. 소문이 횡횡합니다. 밀양의 관아는 신임 부사를 잡아먹는 곳이라는 것이지요. 아무도 그곳에 오려 하지 않았습니다. 소문의 힘이었지요.

〈아랑 전설〉이나 《장화홍련전》은 구조가 비슷하지요? 거기서 내가 궁금한 것은 이것입니다. 억울하고 기막혀 죽어서도 죽지 못하는 이는 아랑이고 장화인데, 왜 죽어간 것은 억울하지도 기막히지도 공격당하지도 않은 애먼 부사들이었을까요?

상대의 모양에 동요하지 않고 침착하는 힘,
그것이 심지지요?
심지가 있어야 어려운 상황도 차분하게 살필 수 있고,
억울함도 풀어줄 수 있습니다.
바람이 불고 촛불이 꺼지는 예외적인 상황에서도
차분해지는 사람이 소통할 수 있는 사람입니다.

카스파 프리드리히, 〈까마귀들의 나무〉

그들은 두려움에 사로잡혀 놀라 죽은 것입니다. 지금 우리 앞에 나타난 세계가 있는 그대로의 세계일까요? 발칙하게도 그것은 내 관념이 각색한 것이고, 거기에 내가 놀아난 것인지도 모릅니다. 스스로 놀라 죽은 원님들처럼.

상식적인 영화가 반정부 영화가 되고, 상식적인 비판을 공격으로 느끼는 것은 그렇게 규정하는 나의 두려움, 놀람, 분노 때문인 경우가 종종 있습니다. 어떤 이는 사랑을 잃지 않기 위해 진실을 왜곡하고, 어떤 이는 욕 먹는 것이 싫어 심하게 욕하고, 어떤 이는 약한 것을 들키지 않기 위해 화를 냅니다. 스스로 이유를 알면 멈추는데. 나의 관념을 물들이고 있는 그런 정서에 사로잡혀 있는 한 솥뚜껑 보고 자라라 우기며 진실을 외면합니다.

그때 심지 굳은 한 남자가 나타납니다. 게걸스럽게 정보를 쌓는 공부만 잘한 것이 아니라 세상을 살필 힘이 있었던 그는 자청하여 그곳으로 갔습니다. 아무도 가지 않으려는 험지를 스스로 찾아간 그는 전임 부사들이 자다가 놀라 죽어갔던 그 밤에 자지 않고 깨어 있었습니다.

그때 바람이 불고 닫힌 문이 저절로 열렸습니다. 그리고 마침내 전임 부사를 놀라게 했을 여인이 등장합니다. 목에 칼이 꽂힌 채 머리를 풀어 헤치고 소복을 입은 젊은 처자, 그녀가 부사 앞으로 걸어옵니다. 아랑이었습니다. 그녀는 아무도 알아주는 이 없는 기막힌 사연을 털어놓습니다.

이 부사는 차분하게 귀를 열었습니다. 그리고 죽어서도 죽지 못하는 이야기, 너무나 억울해서 흘러가지 못하는 참담한 이야기를 들었습니다. 소통이었지요. 이 부사는 한 맺힌 아랑의 이야기를 들어주고 풀어주고 아랑각을 세워 널리 알려주었습니다. 그러자 밀양에 평온이 찾아왔습니다.

장화와 홍련이나 아랑이 원했던 것은 별것 아니었습니다. 그저 억울함을 호소하는 것이었습니다. 하지만 억울한 사람들의 억울한 모양에 놀라 차분히 상황을 살피지 못하는 원님들이 또 얼마나 많은지요. 그러니 억울함을 들어주고 밝혀주는 소통이 별것입니다.

상대의 모양에 동요하지 않고 침착하는 힘, 그것이 심지지요? 심지가 있어야 어려운 상황도 차분하게 살필 수 있고, 억울함도 풀어줄 수 있습니다. 바람이 불고 촛불이 꺼지는 예외적인 상황에서도 차분하게 살펴 소통할 수 있는 사람이 관아의 주인이 되어야 합니다. 불행을 뒤집어쓰고 나오는 장소가 따로 있는 것이 아니라 상황을 감당하지 못하는 사람이 있는 것입니다.

5장

일상의 기적을
일구는 사람들

4원소 혹은 오행, 그리고 다섯 아이

명상을 하는 자연주의자라 하지요? 평소 그녀는 평창에 오기 전엔 고향 캘리포니아 타호에 들러 자작나무 숲을 걸었다고 하네요. 아름다운 지구에 사는 것을 축복이라 여기는 그녀는 경기 때마다 엄마의 품에서 사랑받는 아이처럼 나무를 껴안고 기를 받는답니다. 칼바람 속에서도 두려움 없이 온화한 얼굴로 보드를 탈 수 있는 이유라지요? 아름답다는 말이 무색한 깊은 아름다움이, 자연주의자의 향기가 전해집니다. 그녀는 여자 스노보드 슬로프스타일 금메달리스트 제이미 앤더슨입니다. 그녀를 보니 평생을 흙과 함께 살았던 농부 철학자 피에르 라비가 생각납니다.

"나는 내 아이에게 나무를 껴안고 동물과 대화하는 법을 먼저 가르치리라. 숫자 계산이나 맞춤법보다는 첫 목련의 기쁨과 나비의 이름들을 먼저 가르치리라. 성경이나 불경보다는 자연의 책에서 더 많이 배우게 하리라."《농부철학자 피에르 라비》 중에서

피에르 라비가 말했습니다. 정수된 물만 마시고, 매연 속 아스팔트 위만 걸어 다니는 현대인들은 우주를 이루는 4원소인 물, 불, 공기, 흙이 부족하다고. 그 결과 정신적으로, 육체적으로 건강하지 않고 그리하여 제대로 생을 기쁨으로 누리지 못하는 것이라고요.

그런데 그것이 바로 나의 문제일 줄은 몰랐습니다. 어느 날 의사가 나에게 조언하네요. 하루에 30분 이상 햇빛을 받든지, 아니면 비타민 D를 먹든지. 비타민 D가 모자랄 것이라 생각해본 적이 없습니다. 여름, 그 뜨거운 태양 아래서도 변변히 자외선 차단 크림을 발라본 적이 없는데. 생각해보니 긴긴 겨울 동안 건물 밖으로 나가본 적이 별로 없습니다. 자기의 역사를 감추지 않는 몸이 관념보다 정직했던 것입니다.

그 뒤 나는 햇살이 좋은 날이면 종종 창가를 찾아 앉아 햇살이

피부에 닿은 느낌을 즐깁니다. 따스한 빛이 피부 깊숙이 스미는 그 촉감을 찬찬히 관찰하다 보면 마치 내 피부가 성화를 채취하는 오목 거울이 된 느낌입니다. 그 시간, 왜 헤라클레이토스가 세계는 불로 이루어졌다고 했는지 이해할 것도 같았습니다. 그는 모든 생명이 생명의 빚을 지고 있는 생명의 근원, 태양을 본 것이 아니었을까요.

오목 거울이 햇빛을 모아 불을 만들 듯, 햇빛을 받은 피부는 나를 지키는 화로 같습니다. 우리 안에는 불씨를 지키고 불을 피우는 화덕이 있는 것 아닐까요? 실제로 우리에게는 부엌을 지키는 '조왕신'이 있었지요? 서양에는 화덕의 신 헤스티아베스타가 있었습니다. 밀을 빵으로 만드는 불, 쌀을 밥으로 만드는 불, 불이야말로 생명입니다.

타닥타닥 타오르는 화덕의 불씨를 지키는 헤스티아는 고독을 사랑하는 신입니다. 아닌 일에 대해서는 단호히 "노!"라고 하고 자기만의 방으로 들어갑니다. 제이미처럼 요가를 하고 명상을 하는 자기만의 시간, 자기만의 공간이 삶의 중심인 것이지요. 무조건 살아남기 위해서만, 업적을 내기 위해서만 고군분투하는 사람은 그런 그녀를 이해하지 못합니다.

트로이 전쟁 때 신들이 편을 갈라 치열하게 싸울 때도 그녀는 고독은 고립이 아닙니다.
고립과 달리 고독은 공감과 대립하지도 않고,
사랑과 대립하지도 않습니다.
어쩌면 고독 속에서
내 안의 화덕이 있다는 것을 발견한 사람만이
진정으로 공감할 수 있는 사람이 아닐까요.
고립될까 두려워 공감을 구걸하는 행위는
공감이 아니기 때문입니다.
그러므로 고독이야말로 진정한 사랑의 짝입니다.
고독을 알아야 자유롭게 사랑합니다.

칼 라르손, 〈야외에서의 아침식사〉

어느 편에도 서지 않고 불을 지키고 있었습니다. 편을 만들지 않으면 불편한 사람, 늘 편을 만들어 싸워야 힘이 나는 사람은 어떤 편에도 끼지 않고 그저 불씨만 지키고 있었던 그녀를 이해하지 못합니다.

반면 자기 안에 헤스티아를 사랑하는 사람, 자기 안의 불을 돌보는 사람은 자기가 자기를 존중하지 않으면 그 누구에게도 존중받지 못한다는 것을 알고 있습니다. 존중받기 위해서만 애쓰는 몸짓은 이용만 당할 뿐이라는 것도.

그녀의 고독은 고립이 아닙니다. 고립과 달리 고독은 공감과 대립하지도 않고 사랑과 대립하지도 않습니다. 어쩌면 고독 속에서 내 안의 화덕이 있다는 것을 발견한 사람만이 진정으로 공감할 수 있는 사람이 아닐까요. 고립될까 두려워 공감을 구걸하는 행위는 공감이 아니기 때문입니다.

자기 안에 밀을 빵으로 만드는 화덕이 있다는 것을 발견해야 빵을 나누어줄 수 있습니다. 그러므로 고독이야말로 진정한 사랑의 짝입니다. 고독을 알아야 자유롭게 사랑합니다. 실제로 그녀는 제우스가 인간의 몸에서 잉태된 디오니소스에게 올림포스 12신의 지위를 주고자 했을 때, 디오니소스를 위해 기꺼이 12신의 지위를 양보했습니다. 그녀는 당당히 사랑하는 자이지요?

그러고 보니 찬찬히 몸을 들여다보는 시간이 좋습니다. '불이 부족하니 불을 모으고, 바람이 부족하면 심호흡을 하는 몸! 물이 부족하면 물을 마시는 몸! 태양은 몸 밖의 심장이고, 강물은 몸 밖의 혈관'이라고 이야기한 틱낫한의 잠언이 관념이 아니라 현실이지요? 물, 불, 공기, 흙 4원소는 우리를 낳은 우리의 어머니이자 옛 몸입니다. 그 원소들이 인연 따라 그렇게 그렇게 흘러들어 현재의 몸이 되었습니다. 그들을 충분히 누리는 자, 건강하게 살고 건강하게 죽을 수 있습니다.

올림픽 개막식 때 인상적이었던 것 중 하나가 이 자연의 요소를 다섯 아이로 표현한 것이었습니다. 물, 나무, 불, 흙, 금! 4원소의 바람 혹은 공기를 만질 수 있는 상징인 금과 나무로 바꾸면 5행이 됩니다. 4원소와 5행은 생을, 인생을, 세계를 자연의 원소로 설명하려 했다는 점에서 본질에서 다르지 않습니다. 4원소가 아니라 5원소인 5행이 되면 음양을 곱해 10간이 되고, 12지지가 되어 훨씬 다양한 변화를 보여줄 수 있습니다. 오행설은 우리의 세계관이었고, 달력이었고, 생태학이었습니다.

오행은 돌고 돕니다. 상생으로 돌거나 상극으로 돕니다. 물이 있어야 나무가 자라고, 나무는 불을 만듭니다. 불은 재가 되어 흙으로 돌아가지요. 상극으로 돌 때는 물은 불을 끄고, 불은 금을 녹이고, 금은 나무를 패고, 나무는 흙의 영양분을 갈취하여 성장하고, 흙은 물을 흙탕물로 만듭니다. 언제나 강한 존재도 없고 어디서나 약하기만 한 존재도 없습니다. 서로 기대 힘을 얻고 서로 대립하여 투쟁하는 이 순환에서는 영원한 승자도, 영원한 패자도 없지요. 그러니 지금 이 영광도, 지금 이 치욕도 내가 누리고 배워야 할 순환의 과정일 뿐입니다. 니체는 이를 들어 동일한 것의 영원회귀라 했습니다.

흙으로 빚어진 우리는 신성한 바람 덕에 호흡하기 시작했습니다. 아니, 우리를 호흡하게 했으니 신성한 바람이지요. 물과 흙으로 빚어지고, 불과 공기로 호흡하는 우리에게는 물, 불, 공기, 흙을 사랑하고 누릴 수 있는 힘이 있습니다.

물, 불, 공기, 흙과 친해져야겠습니다. 바람을 가르고 얼음판을 나르는 열일곱 소녀 클로이처럼 살 수는 없어도, 산책을 하고, 나무를 껴안고, 동물들과 눈을 맞출 수는 있겠습니다. 클로이 김의 영상을 보니 그녀가 어떻게 성장했는지 보입니다. 그녀의 금메달이 부러운 것이 아니라 그녀가 누리는 자유로움에 시선이 머무네요. 재미 교포인 그녀가 한국에서 살았다면 지금도 학원 뺑뺑이나 돌면서 살고 있을 것이라는 비판, 새길 만하지요?

존 윌리엄 워터하우스, 〈장미의 영혼〉

《월든》에서 사계절을 벗 삼아 살았다는 소로는 자연을, 숲과 바람과 비와 햇살을 든든한 친구라 합니다. 땅을 일구어 경작하는 기쁨, 바람과 함께 울며 슬픔을 날려 보내는 힘, 순수한 아침 공기 한 모금에 미소로 행복을 전할 수 있는 마음, 그런 것들로 풍요로워진 그가 말합니다. 간소화하고 또 간소화하라고. 불필요한 것으로 삶을 어수선하게 하지 말라고.

필요하다고, 예쁘다고, 보이는 대로 자꾸 사들이느라 우리의 집은 늘 불필요한 것으로 넘쳐나지 않나요? '자발적 가난'으로 회자되는 헨리 데이비드 소로의 《월든》을 읽다 보면, 불필요한 것을 짊어지고 사느라 바쁘다는 말이 유일한 삶의 형용사인 가난한 인생으로 살아오지는 않았는지 돌아보게 됩니다.

불필요한 것들을 하나둘 정리하다 보면 가벼워지고 가뿐해집니다. 가뿐해진 자리에서 묻게 되지요? 내 인생의 존재 이유를. 소로는 인생의 존재 이유가 영적인 성장을 추구하는 데 있다고 했습니다. 영적인 성장이라는 것이 무슨 교회에서 살거나 세속을 떠나는 것이겠습니까? 아마 그는 경작하며 산책하며 사색하며 자연에 살며 자연을 지켜보면서 자연에 깃들인 신성을 발견하고, 그 신성을 느끼는 자기 자신을 발견함으로써 자신이 성장하고 있음을 느끼고 생에 감사했을 것입니다. 그가 말합니다.

“왜 우리는 성공하려고 그처럼 필사적으로 서두르며, 그처럼 무모하게 일을 추진하는 것일까? 어떤 사람이 또래들과 보조를 맞추지 않는다면 그것은 아마 그가 그들과는 다른 고수의 북소리를 듣고 있기 때문일 것이다. 그 사람에게 그가 듣는 음악에 맞추어 걸어가도록 내버려두라. 그가 남과 보조를 맞추기 위해 자신의 봄을 여름으로 바꾸어야 한다는 말인가.”

당신만이 듣고 있는 북소리가 있나요? 그것이 당신의 고유성을 만듭니다.

부동산과 집의 차이

창만 열면 자동차가 소리를 내는 시끄러운 곳에서는 살 수 없다고, 20년 전 강남 아파트를 팔고 일산으로 들어간 친구가 있습니다. 거기서 작은 집을 짓고 살게 된 친구의 자랑은 마당이었습니다. 철철이 어떤 꽃이 피는지, 어떤 열매가 열리는지 이야기하는 친구의 모습에는 자부심과 행복이 있었습니다. 그 집에서 화초를 키우고, 고양이를 키우고, 아이 둘이 성장했습니다. 간간이 들려오는 강남 아파트 폭등 뉴스에는 순간순간 속상하기도 했지만, 그것은 자기가 버린 삶이었을 뿐 자기 삶이 아니었습니다. 그런 친구였습니다.

무엇보다도 보물은 이웃이었다네요. 마당에서 자란 호박이나 가지, 상추를 들고 찾아오거나 묘목을 선물로 주는 이웃은 아이들을 함께 키우고 소소한 일상을 나눌 수 있는, 사촌보다 가까운 가족이었다고 했습니다. 그중 한 가족이 서울로 이사하기 위해 집을 내놓았지만, 팔리지 않아 3년 만에 결국은 집 파는 것을 포기하고 눌러앉았는데, 그것조차 감사할 일이었다고 고백하더랍니다. 하마터면 이 좋은 이웃들을 잃어버릴 뻔했다고.

자기가 원한 것은 집이었지 부동산이 아니었다고 이야기하는 친구의 말을 들으니 최철호 목사가 생각났습니다. 마을이 살아야 공동체가 산다는 철학으로 공동체 운동을 하는 최철호 목사의 강연을 들은 적이 있습니다. 무엇보다도 온화한 표정과 말투가 그의 삶을 증거하고 있었습니다. 그에게 있어 마을의 힘은 '두레'입니다. 부부가 한 아이를 키울 때는 한쪽 부모가 평균 3일 저녁을 할애하여 아이를 돌보아야 하지만, 세 부부가 세 아이 이상을 키우게 되면 아이를 돌보는 데 하루만 할애하면 된다네요. 친구가 생긴 아이들은 외로울 틈 없이 놀고, 놀이를 통해 스스로 관계를 배우고 세상살이를 배우기 때문에 훨씬 행복하고 풍요롭게 성장할 수 있습니다.

보물은 이웃이었습니다.
마당에서 자란 호박이나 가지,
상추를 들고 찾아오거나
묘목을 선물로 주는 이웃!
그들은 아이들을 함께 키우고 소소한 일상을 나눌 수 있는,
사촌보다 가까운 가족이었습니다.
그중 한 가족이 서울로 이사하기 위해 집을 내놓았지만,
팔리지 않아 눌러앉았는데,
그것조차 감사할 일이었다네요.
하마터면 이 좋은 이웃들을 잃어버릴 뻔했다고.
그들이 원한 것은 집이었지 부동산이 아니었으니까요.

텔레마코 시뇨리니, 〈세티그나노에서의 9월의 아침〉

삼십 년간 공동체 운동을 하면서 그는 '교육'에 신경을 썼습니다. 정말로 건학 이념이 있는 학교였습니다. 그 철학은 바로 필수 과목에서 드러났습니다. 철학, 농사짓는 법, 그리고 집짓기! 그저 인간을 소비의 전사로만 길러내려 하는 현대 사회의 함정에 빠지지 않기 위해서는 무엇보다도 사회를 배우고, 세계를 배우고, 철학을 배워야 한다는 것이었지요. 생명이 생명을 먹고 생명으로 성장하고 소멸하는 이치를 몸으로 배울 농사짓는 법은 관념을 살지 않고 현실을 살기 위한 필수 과목이 되었습니다. 자기가 살 집은 자기가 지을 수 있어야 하기에 집 짓는 법도 필수가 되었답니다. 21세기 자본주의 사회에서 이런 실질적인 교육을 통용시킨다는 것이 놀라웠습니다.

도시 생활은 몸을 소외시킵니다. 돈 내고 운동하는 것밖에 몸을 쓸 일이 없는 사람들이 왜 관념적일 수밖에 없는지 이 공동체가 돌아가는 것을 보면 알게 됩니다. 그들은 스스로 농사를 짓습니다. 그것은 자연이 줄 수 있는 것을 정직하게 땀 흘려 얻는다는 뜻입니다. 그들은 그 땀에 감사하고, 자연에 감사하고, 제철 유기농 재료로 요리할 수 있음에 감사하고, 함께 식사할 수 있음에 감사합니다.

여기서 선생님은 감시자나 평가자가 아니라 울타리고, 한 울타리에서 공부하는 학생들은 경쟁자가 아니라 친구입니다. 그러니 관계가 편하고 깊을 수밖에 없습니다. 의식이 빅뱅처럼 터지듯 성장하는 초중등 시절에 이런 관계 속에서 살다 보면 인간을 믿는다는 것이 무엇인지를 배우게 되고, 관계 속에서의 '나'를 잊지 않게 되지요. 그렇게 함으로써 어떻게 살아야 하는지를 알게 되지 않을까요?

그의 철학에 반해 친구들과 함께 조용히, 강원도 홍천에 있는 '아름다운 마을 공동체'를 방문했습니다. 학생들은 활력에 넘쳤고, 선생님들은 자신감이 있었습니다. 공동생활은 부담스럽지만 공동체적인 삶을 살고 싶은 경우는 공동체 주변에 집을 마련해 합류하면 된다고 합니다. 자기 일을 하면서도 현실적인 필요에 의해 '따로 또 같이'가 가능한 것입니다. 꼭 기독교인이어야 하는 것도 아닙니다. 그의 공동체는 그렇게 느슨합니다. 그 느슨함이 '아름다운 마을 공동체'가 성장할 수 있는 이유 같습니다. '아름다운 마을 공동체'는 우리가 잊어버렸으나 우리에게 여전히 존재하는 믿음을 일깨우는 곳이었습니다. 이름대로 아름다운 마을 공동체였습니다.

김호중, 소중해

'김호중, 소중해'가 실시간 검색어에 오르던 날, 반가웠습니다. 나만 그를 좋아하는 것이 아니구나, 하는 동질감 때문이었겠지요.

〈미스터 트롯〉을 열심히 본 것은 트로트에 관심이 있어서가 아니었습니다. 김호중이라는, 묘한 매력이 있는 성악가와 가수들의 노래를 듣고 평을 해주는 조영수, 장윤정 마스터 때문이었습니다. 사실 평가하고 지적질하는 자리는 좋은 자리라 할 수 없습니다. 어쩔 수 없이 상처를 주는 자리이기 때문입니다. 평가와 질책을 통해 성장하는 영혼이 있을까요.

칭찬도 마찬가지라고 생각합니다. 칭찬은 고래도 춤추게 한다지만 자존감에 힘이 붙어야 하는 시절을 지나면 그것도 장애입니다. 중요한 것은 지적하고 지적받는 일이 아니라 소통입니다. 상대를 인정해야 할 수 있고 상대에게 인정받아야 할 수 있는 소통! 소통이 일어날 때 듣게 되는 한 마디 한 마디는 화두가 되고 힘이 됩니다.

장윤정과 조영수는 소통의 멘토 같습니다. 장윤정이 사랑 많은 누나의 마음을 가진 멘토라면, 조영수는 죄를 짚어내는 염라대왕이랄까요. 그런데 자기 앞에 서 있는 사람을 지옥으로 보내려 하는 염라대왕 같지는 않습니다. 지옥에 가지 말라고, 거기가 지옥이라고 지옥의 지도를 알려주는 염라대왕 같지요. 그는 정확합니다.

장윤정이 감성적이라면 조영수는 분석적이지요? 이 둘이 서로의 옆을 지키며 만들어내는 소통의 화음은 감성과 이성이 둘이 아님을 보여줍니다. 칸트의 문장을 살짝 비틀면 '감성 없는 이성은 공허한 지적질일 수밖에 없고, 이성 없는 감성은 맹목적 메아리'일 수밖에 없을 텐데, 어느덧 분석적인 조영수가 따뜻해지기까지 하고, 가끔 장윤정의 분석의 칼이 차갑다고 느끼기도 했습니다. 함께한 시간과 함께 둘이 서로에게 스민 것이 아닐까요. 그런 면에서 서로의 색을 지키면서도 서로에게 스민 둘은 좋은 짝입니다.

롤란드 사벨, 〈오스페우스와 동물들〉

무엇보다도 나는 노래하는 그의 태도에서 배웁니다.
그는 마이크 앞에 서면 고요해집니다.
자기 자신에 집중하는 것입니다.
꼭 명상하는 사람의 태도 같습니다.
자신에게 집중할 줄 모르는 사람은

자기 안에 있는 것을 풀어낼 수는 없지요?
자기 집중은 자신에 대한 믿음이 없으면
불가능하고, 한편에서는 그렇게 집중해감으로써
자신에 대한 믿음이
성장하는 것이기도 합니다.

그리고 김호중! 이번에 그를 처음 알았는데, 그의 팬이 되어 버렸습니다. 어떻게 그가 부르면 모두 명곡이 되지요? 〈태클을 걸지 마〉가 그렇고, 〈무정 블루스〉가 그렇고, 〈천상재회〉가 그렇습니다. 그리고 〈다시 한 번만〉이 그렇고, 〈고맙소〉가 그렇습니다. 있는 줄도 몰랐던 노래들이 그에게 오면 모두 반짝반짝 빛이 납니다. 그가 〈고맙소〉를 부를 때는 눈물이 주르륵 흐르기까지 했습니다. 내가 왜 울고 있는지, 무엇이 그리 고마운지 알 수는 없었지만, 그 감동을 지키고 싶어 거기서 그냥 텔레비전을 꺼버렸습니다. 그 곡이 내 마음속 피날레였습니다.

무엇보다도 나는 노래하는 그의 태도에서 배웁니다. 그는 마이크 앞에 서면 고요해집니다. 전주를 들으며 노래가 나와야 할 시점을 기다리는 것이라기보다 자기 자신에 집중하는 것입니다. 꼭 명상하는 사람의 태도 같습니다.

자신에게 집중할 줄 모르는 사람은 자기 안에 있는 것을 풀어낼 수 없지요? 자기 집중은 자신에 대한 믿음이 없으면 불가능하고, 한편에서는 그렇게 집중해감으로써 자신에 대한 믿음이 성장하는 것이기도 합니다. 그런 사람이니 〈짝사랑〉을 부르는 것 아닐까요? 오디션 관점에서 보면 선곡의 실패이지만, 새로운 시작은 늘 그렇게 실패의 얼굴을 하고 징검다리를 놓는 법이니까요.

그는 '미운 오리 새끼'입니다. 그가 백조임을 알아보고 그를 키워낸 서수용 선생님이 있었습니다. 한 장면을 보고 나도 서수용 선생님의 인품에 반했습니다. 김호중이 모교를 찾아 이제 트로트 가수가 되었다고 했을 때 기쁨인지 슬픔인지 회한인지 모를 눈물을 닦으며 "그래, 거기 뭐가 있는지 가보자"라며 제자를 안아주는 따뜻한 선생님! 세계적인 성악가로 성장할 것이라고 확신한 수제자가 트로트를 하겠다는데 뭐 그리 좋기만 하겠습니까. 그런데 자기 기대를 내려놓고 제자를 믿어주고 보듬어주는 선생님입니다. 그런 따뜻한 사랑을 받고 성장한 인간이니 그도 세상에 그런 따뜻한 사랑을 흘려주지 않을까요?

자신 안에 외로움도 있고, 분노도 있고, 그 모든 것을 녹여줄 사랑이 있는 그를 성악 속에 가둘 수는 없겠습니다. 아마 트로트 속에도 갇히지 않을 것입니다. 그는 자유로운 영혼, 노래하는 영혼일 것입니다. 우리 곁에서 생을 노래하는 영혼이겠지요.

바람 품기

이은영이라는 조각가가 있습니다. 소소한 행복이 무엇인지를 조각하는 아티스트입니다. 생각 없이 인사동에 나갔다가 우연히 보게 된 그녀의 전시회는 달콤했습니다. 별빛 아래 외로운 어린 왕자의 미소가 달콤했고, 달빛 아래 춤을 추는 달동네 남녀의 동작이 달콤했습니다. 창밖을 보는 건지, 상대를 보는 건지, 찻잔을 들고 창가에 나와 있는 중년 부부의 안정감이 달콤했습니다. 부부 사이에도 마음 터놓고 마음속 이야기를 한다는 것은 쉽지 않은 일입니다. 차 한 잔 마시며 마음을 소통할 수 있게 되기까지 그녀도 얼마나 많은 바람을 맞았을까요.

전시회에서 〈Feel Wind〉라는 작품 앞에 오래 서 있었습니다. 눈을 감은 채 두 팔을 벌리고 있는 여인상입니다. 여인은 단순한 디자인의 원피스를 입고 있습니다. 생명의 색, 초록입니다. 여인은 혼곤한 세월을 견디며 마침내 바람을 느끼고 바람을 사랑하게 된 것 같습니다. 어떠한 인상도 쓰지 않은 채 지그시 눈을 감고 있는 여인은 아마 바람과 함께 햇빛까지도 온전히 느끼고 있는 것 같았습니다.

내면의 목소리에 귀를 기울이며 자기 축으로 살게 되면, 성공에 들뜨지 않고 실패에 기죽지 않게 됩니다. 어려운 시간엔 외로움과 놀고, 잘 나가는 시간에는 버거움과 놉니다. 성공의 옷을 입고 있는 이 시간의 나, 팽창된 자아를 '나'라고 생각해서 함부로 살지 않습니다. 성공이 그를 풍요롭게 해주는 것이라 생각하지 않는 만큼, 실패가 그를 자포자기하게 만들지 않으니까요. 성공이든 실패든 즐거움이든 괴로움이든 부든 명예든 가난이든 관계의 어려움이든 모두 그를 지나가는 바람일 테니까요.

하지만 그렇게 되기까지 우리는 또 얼마나 많은 바람을 맞고 상처를 입어야 할까요. 사랑하는 조카가 대학에 떨어지고 소속이 없는 것이 이렇게 힘든 것인지 몰랐다고 고백했을 때 가슴이 얼마

내면의 목소리에 귀를 기울이며
자기 축으로 살게 되면,
성공에 들뜨지 않게 되고
실패에 기죽지 않게 됩니다.
어려운 시간엔 외로움과 놀고,
잘 나가는 시간에는 버거움과 놉니다.
팽창된 자아를 '나'라고 생각해서
함부로 살지 않습니다.

이은영, 〈Feel Wind〉

나 아팠는지요. 제대로 된 일자리를 구하고자 했으나 번번이 실패하고 이 사회에서 버려진 것 같은 느낌으로 널브러져 있는 젊음은 왜 또 그리 많은지요. 거기에다 그것밖에 안 되냐는 가까운 사람들의 평가를 뒤집어쓰기라도 하면 소화되지 못한 분노의 에너지가 자신의 몸을 괴롭히고 마음을 괴롭혀 소화 불량이나 두통 혹은 우울증을 달고 살게 됩니다.

그것밖에 못하냐는 시선이 아픈 것은 혜민 스님 말대로 하면 '나의 나'가 상처를 입은 것입니다. 텔레비전에서 혜민 스님의 강의를 잠깐 들었는데, 그때 스님이 말씀하신 것이 바로 '나의 나'와 '남의 나'의 구분법이었습니다.

짐작되는 대로 '남의 나'는 남이 생각하는 나고, '나의 나'는 내가 생각하는 나입니다. 그 두 '나'의 균형이 맞아야 하는데 직장, 가족, 시댁이나 처가, 친구들의 시선이나 평가를 중시하여 '남의 나'가 커지면, 행복은 저만치 가고 삶은 고달파진다는 것입니다. 스님은 종교학을 전공한 자신의 예를 들었습니다. 종교와 마음을 가르치고 싶어서 교수가 되었는데, 논문 강요와 인맥 관리에 지쳐 교수직을 버렸다고 했습니다. 그랬더니 주변에서 왜 그리 좋은 직장을 그만두느냐고 난리였다네요. 그는 '나의 나'가 행복하지 않은 일을 계속할 수 없다고 했습니다. 스님다웠습니다.

'나의 나'가 단단해서 중심이 있어야 '남의 나'도 의미가 있습니다. 그래야 바람을 무서워하지 않고 바람을 느끼며 품을 수 있게 되는 것이지요.

붉은 거북의 꿈

아마도 우리는 종종, 말할 수 없는 것에 대해 함부로 말하고 사는가 봅니다. "말할 수 없는 것에는 침묵해야 한다." 비트겐슈타인이 이런 말을 한 것을 보면 말이지요.

말할 수 없는 것에 대해 말을 삼키면 오히려 보이는 것이 있습니다. 오래오래 가슴에 담게 되는 것이. 의성어 빼고는 말이 없는 화제의 애니메이션 〈붉은 거북〉을 보면서 충분히 남자의 인생을,

* 마이클 드독 드비트 감독의 〈붉은 거북the Red Turtle〉, 2016.

여자의 일생을 보고 느낀 기분입니다.

그 애니메이션은 비바람 몰아치는 바닷가에서 어찌 된 영문인지 홀로 남아 파도를 넘어 바다를 건너가고자 안간힘을 쓰는 청년이 주인공입니다. 그에게서 눈을 떼지 못하는 것은 그가 어쩐지 갈피 모를 열정에 시달렸던 젊은 날의 '나' 같기 때문입니다. 거기에는 우리 젊은 날의 자화상이 있습니다. 자기 계획대로 무언가를 하려 하지만 감당할 수 없는 비바람에 부딪혀 계획이 틀어지고 삶이 틀어지고, 그럴 때마다 자아가 깨져나가며 예기치 않은 곳에서 '나'의 생을 발견하게 된, 우리 젊은 날의 자화상이.

별 총총한 달밤, 하늘을 이불 삼아 잠들 수 있는 것은 축복일 텐데 그것을 고립이라 느끼는 남자에게 바다는 벽입니다. 배를 만들어 파도치는 바다를 건너 문명의 땅에 닿는 것이 남자의 꿈이었지요. 꿈을 이루기 위해 남자는 열심히 대나무를 베고 깎아 배를 만듭니다. 그런데 남자가 만든 배는 바다에 띄우는 족족 난파됩니다. 누가 남자의 배를 부술까요? 포기를 모르는 남자의 배는 점점 커지고 점점 견고해집니다. 마침내 남자는 배를 부수는 누군가에 대항하는 창까지 만듭니다.

바다를 건너지 못하게 배를 난파한 것은 거북이, 붉은 거북이었습니다. 붉은 거북이 창을 가진 남자와 싸우다 뒤집힙니다. 붉은 작가는 믿고 있었던 것 같습니다.
여자는 바다에서 왔다고.
바다에서 바다를 건너가는 누군가가 마음에 들면
동물적 본능으로,
나무꾼이 선녀의 옷을 감추듯
그의 배를 빼앗는다고.
그리하여 사랑은 투쟁이라고.
삶에 대한 것이나 상대에 대한 것이나
투쟁 없는 사랑은 없다고.

영화 〈붉은 거북〉의 한 장면

거북이 죽은 자리에서 거북의 껍질을 깨고 한 여인이 태어납니다. 붉은 머리카락이 풍성한 한 여인이. 아, 이 장면!

작가는 믿고 있었던 것 같습니다. 여자는 바다에서 왔다고. 바다에서 바다를 건너가는 누군가가 마음에 들면 동물적 본능으로, 나무꾼이 선녀의 옷을 감추듯 그의 배를 빼앗는다고. 그리하여 사랑은 투쟁이라고. 삶에 대한 것이나 상대에 대한 것이나 투쟁 없는 사랑은 없다고.

남자는 여자로 인해 바다를 넘어가는 꿈을 포기하고, 여자는 남자로 인해 바다를 버립니다. 여자로 인해 남자가 더 이상 바다를 벽으로 여기지 않고, 남자로 인해 여자가 더 이상 바다를 그녀의 집으로 여기지 않게 된 것이니, 이렇게 말할 수 있을까요. 바다를 건너려는 남자의 진짜 꿈은 바다를 누벼온 붉은 거북이었고, 여자의 진짜 꿈은 껍질을 벗는 것이었다고.

말 없는 세계에서 남자와 여자는 서로를 꿈꾸면서 저리 아름다운데, 말의 세계에서 남자와 여자는 어찌 그리 지지고 볶으며 사는지. 혹, 말을 버려야 진실이 드러나는 것은 아닌지.

오랜만에 여운이 긴 화면을 만났습니다. 화면이 우리에게 묻고 있는 것 같습니다. 별이 총총 박힌 하늘을 이고 잠들어본 적이 있는지, 비바람 몰아치는 바다를 건너겠다고 '나'만의 배를 만들어 본 적은 있는지, 머리카락이 풍성한 여인과 사랑에 빠져본 적은 있는지, '나'라고 믿고 있었던 욕망의 붉은 껍질을 벗고 다시 태어난 적 있는지, 그리고 섬 전체를 집어삼키는 해일을 경험해본 적은 있는지 말이지요. 모두 생의 기적이고, 생의 꿈입니다.

부채 귀신과
자아 팽창

성공을 위해 살면 실패를 두려워하게 되지요? 큰 것, 커지는 것을 좋아하면 작은 것, 작아지는 것에서 허둥대다 잘못된 행동을 합니다. 대접받는 일이 당연시되면 홀대받는 상황에서 당황하다 분노에 사로잡힙니다. 그러면 부채 귀신이 설칩니다.

옛날옛날에 깊은 산골 한 동굴에 부채 귀신이 살았습니다. 그는 '부채'에 의지해 살고 있습니다. 그의 부채에는 신통력이 있습니다. 무엇이든 크게 하거나 작게 할 수 있는 이 신통력으로 부채 귀신은 사람들을 옴짝달싹 못 하게 합니다. 그의 부채를 두려워한 사람들은 그가 하라는 대로 제물을 바치며 숨죽인 채 살아갑니다.

마을에 개똥이라는, 이름만 들어도 천하게 굴러다녔을 아이가 살고 있습니다. 다섯 살 개똥이에게는 좋은 누나가 있었는데, 어느 날 갑자기 이 누나가 제물이 될 차례가 되었습니다. 마을 사람들은 모두 부채 귀신을 두려워한 나머지 하라는 대로 했으나 어린 개똥이만은 가만히 있지 않았습니다. 그는 분연히 일어나 부채 귀신을 잡으러 갑니다. 제물로 잡혀 온 이들은 귀신의 부채를 두려워해서 벌벌 떨며 기가 눌렸으나 개똥이는 달랐습니다. 하룻강아지 범 무서운 줄 모른다 해야 할까요.

개똥이의 당찬 태도에 부채 귀신도 같잖기도 하고 귀엽기도 해서 장난을 친 것입니다. 개똥이는 호기심 어린 태도로 부채 귀신을 자극합니다. 기죽지 않은 어린이는 본능적으로 부채 귀신과 노는 법을 알고 있던 것이지요. 개똥이가 부채 귀신에게 놀라는 척하며 얼마나 커질 수 있느냐고 묻자 허영심이 자극된 부채 귀신은 한없이 커집니다. 개똥이가 다시 한 번 놀래주며 그러면 또 얼마나 작아질 수 있느냐고 묻자 이번에는 한없이 작아집니다. 그때를 놓치지 않고 개똥이는 부채 귀신을 먹어버립니다.

권정생 선생의 붓끝에서 다시 태어난 전래 동화 〈부채 귀신〉 이야기를 읽으며 가난했으나 풍요로웠던 선생을 추억하게 되네요.

강아지똥, 개똥이 등 똥을 좋아했던 선생은 무관심한 것, 홀대받는 것 속에서 피어나는 생명의 기적을 누구보다도 잘 알고 있었습니다. 무엇보다도 그의 유언장을 보면 그가 어떤 사람인지 알 수 있습니다.

'하나님께 기도해주세요. 제발 이 세상, 너무도 아름다운 세상에 사람이 사람을 죽이는 일은 없게 해달라고요. 제 예금 통장이 정리되면 나머지는 북측 굶주리는 아이들에게 보내주세요. 제발 그만 싸우고, 그만 미워하고 따뜻하게 통일이 되어 함께 살도록 해주십시오. 중동, 아프리카, 티벳 어린이들은 어떻게 하지요? 기도 많이 해주세요.'

누나와 마을을 구한 개똥이는 그 엄청난 신통력을 가진 부채로 마을을 다스렸을까요? 개똥이는 그렇게 하지 않았습니다. 그는 집으로 돌아와 부채를 태우고 행복하게 살았답니다. 나는 왜 〈부채 귀신〉이라는 전래 동화가 한국판 《반지의 제왕》이라 느낄까요?

예로부터 부채는 신성한 것입니다. 바람을 일으켜 불을 만드는 도구이기 때문입니다. 부채 귀신의 부채는 무엇이든 크게 하거나 작게 만듭니다. 권력에 기대어 자아 팽창이 일어나 화려한 옷을 입은 힘센 사람들이 가장 두려워하는 것은 작아지는 것입니다. 작아지는 것을 두려워해 부채 귀신의 비위나 맞추는 사람들이 멀쩡한 사람들을 얼마나 많이 제물로 내주는지. 당연히 부채 귀신이 있는 곳에는 자기 크기로 당당하게 살아갈 수 있는 사람들이 많지 않습니다. 부채에 의해 작아지거나 커지기 때문입니다.

'절대 반지'를 옮길 수 있었던 것은 반지에 흑심이 없었던 작디작은 호빗족이었던 것처럼, 부채 귀신에 대적할 수 있는 존재는 쓸모 있을 것 같지 않고 주목받을 일도 없었던 어린 개똥이입니다. 커지는 것을 좋아하는 사람들, 작아지는 것이 두려운 사람들은 커지게 하거나 작아지게 하는 부채 귀신의 덫을 피할 수 없는 법이므로. 개똥이가 원하는 것은 커지는 것, 많이 갖는 것, 많은 영향력을 행사하는 일이 아닙니다. 그가 원하는 것은 사랑하는 누나와의 삶입니다. 사랑하는 누나가 사랑할 수 있게 하는 것입니다.

아십니까? 부채를 통해 거대해지는 것에도, 부채를 이용해 누군가를 조정하는 것에도 관심이 없었던 개똥이의 부채는 부채를 통해 잃어버렸던 마을을 회복할 때까지만 사용되었다는 사실을. 부채와 함께 팽창된 자기를 자기라 믿지 않는 그 지혜는 그가 '개똥이'이기에 가능했던 것이 아닐까요? 그 어떤 것도 두려운 것이 없는 저 낮은 자리에서 마음대로 구르는 자유를 알고 있었기에.

일상이 기적임을 아는 자만이
부채를 버릴 수 있습니다.
집으로 돌아오자 개똥이는 부채를 태워버립니다.
절대 반지를 던져버릴 수 있는 자가
절대 반지를 옮겨야 하듯
부채를 태울 수 있는 자가 부채의 주인입니다.
부채 없이 살지 못하는 자, 귀신이 됩니다.

장 바비스트 카미유 코로, 〈오트 사부아의 모르넥스 풍경〉

그 자유의 힘으로 개똥이는 노오란 민들레꽃을 피워낸 그의 강아지똥처럼 모두를 자기 자신으로 살게 합니다.

일상이 기적임을 아는 자만이 부채를 버릴 수 있습니다. 집으로 돌아오자 개똥이는 부채를 태워버립니다. 절대 반지를 던져버릴 수 있는 자가 절대 반지를 옮겨야 하듯 부채를 태울 수 있는 자가 부채의 주인입니다. 부채 없이 살지 못하는 자, 귀신이 됩니다.

휘게,
일에 쫓기지 않기

한 해의 끝이 보일 무렵이면 송년회가 하나둘 시작되지요? 오랫동안 만나지 못했던 친구들, 떠나보내야 하는 동료들, 다시 시작해야 하는 직장 선후배들, 그 외 이런저런 이유의 모임으로 저녁이 없는 삶을 보내다 보면 더 이상 송년은 조용한 성찰이 아니라 번다한 일이자 잠 도둑입니다.

그렇지 않아도 바빴던 날들에 더 바쁘고 정신없는 날들을 보태며 한 살을 먹기는 아까운 나이가 되었습니다. 그래서 더욱 아우렐리우스의 이 말을 자꾸 화두처럼 챙기는 모양입니다.

"너무 많은 일에 쫓겨 스스로를 망치는 일이 없어야 한다."

저녁 식사를 하지 않은 지 오래된 까닭에 저녁 모임은 가지 않지만, 점심 모임은 종종 있는 편입니다. 가깝게 지내는 지인 몇 명이서 일요일 점심에 모였습니다. 집에서 음식 하나씩 해가지고 나누어 먹으며 도란도란 이야기를 나눌 수 있는 친구들 모임입니다. 거기서 잘나가는 남편을 둔 한 친구에게 대학생인 아이들과 성취지향적인 남편이 부딪치는 이야기를 들었습니다. 그 친구 남편은 휴일에도 빼곡한 골프 약속으로 인맥을 관리하며 바쁘다는 사실을 성공의 바로미터로 여기는 스타일인데, 아이들도 고등학교 때까지는 공부에 바빠 문제가 드러나지 않았답니다. 그런데 아이들이 대학생이 되고 남편과 아이들과 마주치는 시간이 종종 생기면서 문제가 드러나기 시작했습니다. 남편이 아이들과 함께하는 시간 대부분을 잔소리로 채운답니다. 휴일에도 늦잠 자는 꼴을 보지 못하고, 먹는 일부터 스펙 쌓는 일까지 체크하는 남편을 아이들이 왕따하고 있다는 것이었습니다. 남편이 그런다네요. 아이들이 말을 듣지 않으니 집안에 자기 자리가 없다고. 그 남편, 사회적으로 잘나가기 때문에 본인은 위기인 줄 모르는 것이지만 삶의 위기가 맞지요?

그랬더니 늘 바쁜 다른 친구가 이런 말을 합니다. "너는 너의 남편이 문제인데, 우리 집에서는 내가 그래. 자기들 교육비 송금하느라 밤낮없이 일하는 엄마의 노고는 아랑곳없고 지난 방학 때 나와서는 이런 이야기를 하는 거야. 우리는 엄마가 차려주는 밥상 한번 제대로 받아본 적 없고, 엄마와 느긋하게 밥을 먹어본 기억이 없어! 그런데 뒤통수 맞은 느낌인 거 아니? 아마 네 남편도 그럴 거야. 내가 번 돈 거의 전부를 송금하는데 그게 아이들에게는 아무것도 아닌 허방이라는 게 처음엔 기가 막혔지만, 시간이 지나면서는 무서워지는 거야. 우리 친정에서는 아버지가 일벌레였거든. 아버지에 대해 내가 아는 것이라고는 일밖에 모르신다는 것뿐이야. 그런데 내가 내 아이들에게 똑같은 소리를 듣고 있는 거야."

그런 가족이 많지요? 일벌레인 누군가 덕택에 경제적으로는 문제가 없는데 심리적으로, 정서적으로, 문화적으로는 너무나 낯선 가족들 말입니다. 당신은 당신의 자녀들에게 어떤 어머니, 어떤 아버지십니까? 최근에 아이들과 대화를 해본 적 있으신지요? 대립과 싸움을 통해서도 서로의 마음에 다다를 수 있는 대화를 하고, '예, 알았어요'라는 수긍을 표현하면서도 마음을 닫는 대화도 하지 않나요? 피가 되고 살이 된다고 당신만 믿는 일방적 잔소리가 아니라 서로에게 공감하며, 아니면 기분 좋게 대립하며 나눈 대화의 내용은 무엇이었습니까?

텔레마코 시뇨리니,
〈바람부는 날〉

"그래서 아이들을 위해 살지 말고,
아이들과 함께 살아야 하는 거야, 지금이라도!
그리고 그들이 자기 삶을 찾아 떠날 때
우리와는 다른 그들의 삶의 방식을
존중해주고 믿어주면서
기분 좋게 떠나보내야 하지.
앞으로는 남편이, 아이들이 가족인 것이 아니라
함께 사는 사람이 가족 같지 않니?"

청춘도 없이, 꽃도 없이, 남의 짐을 지고 사막을 건너는 낙타처럼 그렇게 살아야 하는 줄 믿고 열심히만 살아온 일벌레 친구들이 가장 가깝다 믿는 아이들의 불만과 반란을 등불 삼아 자기 생을 돌아보고 있는 것이지요? 내가 추구해온 가치가, 내가 믿어온 삶의 양식이 허방인 것은 아닐까 하고.

"그래서 아이들을 위해 살지 말고, 아이들과 함께 살아야 하는 거야, 지금이라도! 그리고 그들이 자기 삶을 찾아 떠날 때 우리와는 다른 그들의 삶의 방식을 존중해주고 믿어주면서 기분 좋게 떠나보내야 하지. 앞으로는 남편이, 아이들이 가족인 것이 아니라 함께 사는 사람이 가족 같지 않니?"

북유럽 여행을 다녀와서 '휘게Hygge' 전도사가 된 친구의 말이었습니다. 이제는 잘 대접하고 잘 대접받는 데 중점을 두지 말고 편하게 모일 수 있는 데 중점을 두자며 서로 음식도 해오지 말자고 하네요. 그보다는 그날 무엇이 먹고 싶은지 의기투합하게 되면 함께 만드는 과정부터 즐기자는 것이었습니다. 오래된 친구끼리, 모이면 행복한 사람들끼리, 감자를 까서 감자전을 부치고, 채소를 씻어서 샐러드를 만들어 먹으면서 말을 나누고, 음식을 나누고, 마음을 나누는 일이 휘게의 한 형태라고 했습니다.

휘게는 편안함, 아늑함, 따뜻함을 뜻하는 덴마크어라면서요? 행복은 크고 화려한 성공에 있지 않고, 한 시간 단위로 약속해놓고 비즈니스처럼 사람을 만나는 바쁜 삶에도 있지 않습니다. 언제나 명품을 빼입고 그에 어울리는 유능한 사람들과 비싼 호텔 식사를 할 수 있는 그런 능력에도 있지 않습니다. 행복은 작고 소소해 보이지만 마음이 정화되는 경험, 마음이 열리는 경험, 마음을 나눌 수 있는 아늑한 경험에 있다는 것입니다.

나의 공간을 정리하고 청소할 여유가 있는 사람은 마음의 정화가 어떻게 일어나는지를 압니다. 함께 먹을 밥상이든 혼자 먹을 밥상이든 직접 느긋하게 밥상 차리는 일을 좋아하는 사람은 마음의 여유를 압니다. 시간에 쫓기며 일에 쫓기느라 마음을 나누며 살 수 없다면 잘 사는 것이 아니라 자기 삶을 방치하고 있는 것이지요.

지금 늘 바쁘게 살고 있다면 누구를 위해, 무엇을 위해 이렇게 바빠야 하는지 나 자신에게 물어봐야 하지 않을까요? 내 삶에서 뺄 수 있는, 필요하지 않은 일은 무엇인지 찾아내야 합니다. 나는 일하는 기계, 돈 버는 기계가 아니니까요.

필요하지도 않은 일을 하는 것과 별 필요가 없는 것을 사들이는 것은 심리적으로는 같은 맥락입니다. 그때그때 필요하다 생각

되는 것을 다 사서 모으면 내 집은 온갖 잡동사니로 넘쳐 나는 여백 없는 집이 될 것입니다. 사는 데 많은 것이 필요하면 풍요로워 보이나 실상은 각박한 경우가 많습니다. 많은 지출을 감당하기 위해 정신없이 바쁘게 돌아다니느라 바쁘다는 것이 유일한 삶의 내용인 가난한 인생이 되어 있을 테니.

휘게는 더 많은 필요를 만드는 데서 찾아오지 않습니다. 그보다는 불필요한 것으로부터 자유로워지는 데서 옵니다. 만나는 사람도, 일도, 나 자신에 대해서도 단순화하고 단순화하고 단순화하기, 이것이 요즘 저의 화두입니다. 아마도 그렇게 살지 못하기 때문에 더욱 화두가 되는 것 같습니다. 《서장書狀》에서 대혜 스님이 유발 제자인 증시랑에게 주는 편지는 곱씹을 만합니다.

'있는 것을 비우기 원할망정 없는 것을 채우려 하지 마십시오.'

정리하며 삽시다!

늘 시간이 없는 사람, 바쁜 사람은 잘 사는 사람이라기보다 시간에 대한 강박을 앓고 있는 사람입니다. 주로 시간표대로 움직이는데, 시간표에 빈틈이 없다면 그가 잘 나가는 사람일수록 답이 없습니다, 위험합니다!

시간이 돈이고 시간이 일인 그는 시간의 주인이 아니라 시간의 노예일 가능성이 큽니다. 그런 사람일수록 폼 나지 않는 일이나 돈이 되지 않는 일은 하지 못합니다. 온종일, 천천히, 구석구석, 정리하거나 청소하거나 하는 일을 종종 해보시는지요? 친구를 불러

직접 자기 방 청소를 해보지요.
환절기도 됐으니 옷장 정리도 해보고요.
온종일 청소만 해보는 것도 좋습니다!
그러면 그 허드렛일이 허드렛일이 아니라
있는 그대로의 나의 실존을 받아들이게 만드는
수행임을 알게 됩니다.
소위 빛이 나지 않은 '허드렛일'과 친해져야
진짜 아름다운 것이 보입니다.

폴 카미유 기구, 〈빨래하는 여인〉

손수 밥상을 차려주며 뉴스에 나오는 이야기말고, 자기 이야기를 나누시는지요?

젊었을 적에는 그래도 괜찮아 보입니다. 세상에 적응하고 세상에서 빛나기 위해 배우고 익혀야 할 일도 많고, 맺어야 할 관계도 많기 때문입니다. 무엇보다도 그 많은 일에 파묻혀 살아도 무리가 없을 정도로 건강한 몸이 있었으니까요. 그 몸 덕택에 업적을 쌓아갔고, 많은 것을 배웠으며, 많은 것을 느꼈지요? 그렇게 정신없이 살다가 어느새 생의 한 모퉁이를 돌게 됩니다. 나도 모르는 사이에 더 이상 젊지 않게 된 인생이 가을을 맞이한 것입니다.

그때가 되면 무엇보다도 몸이 예전 같지 않다는 것을 느낍니다. 몸은 쉬어야 한다고 신호를 보내는데, 늘 일 속에서 자기가 있다고 믿어온 삶은 쉬면 끝이라고 명합니다. 만만찮은 아이들의 교육비를 외면할 수도 없고, 융자를 끼고 장만한 집의 대출금도 갚아야 하지요. 아니면 2년마다 오르는 엄청난 전세 비용을 감당해야 하지요. 게다가 남들 다 가진 것 같은 명품도 자꾸 눈에 밟힌다면, 어찌할까요?

아니, 어떤 이에게는 단순히 돈의 문제가 아닙니다. 그동안 이 분야에서만큼은 모든 것을 바쳐 일구어온 성과, 내가 만들어온 자리, 그리하여 마침내 내 얼굴이 되어버린 이 자리! 이 자리를 빼앗

길 수 없다는 불안한 뚝심과 이 자리를 빼놓고 '나'를 말할 수 없다는 비장한 환상이 결합하면 여기서 끝낼 수 없다는 분심이 생깁니다. 여기서 밀리면 다 끝나는 것 같은 기분이 '나'를 휘감고 도는 것입니다. 그 분심 덕택에 또 밤을 새우고, 쓸데없는 술자리를 거절하지 못합니다. 몸의 피로는 누적되는데 내 돈으로 사는 가족도 나에게 감사는커녕 '나'를 이해하려고도 하지 않습니다. 어느 날 문득 깨어보니 가족 내에도 내 자리가 없습니다! 허무하기만 한데 방법을 모르겠습니다. 그리고 새해가 와서 인사가 발표되면 비로소 느끼게 되는 것이지요? 한 살 더 먹었을 뿐인데 너무나 달라져 있는 세상, 한 살 더 먹는 일은 너무나 쉽고 너무나 무서운 것이었다는 사실을. 자본주의를 사는 이 땅의 인생, 그 가을은 그렇게 시작됩니다.

삶이 무자비하고 무서운 것인가요? 그럴 수도 있겠습니다. 하지만 늘 그렇게 이리 뛰고 저리 뛰며 삶의 비위를 맞추려고만 하면 삶은 언제나 무자비하고 무섭습니다. 스치듯 잠깐 본 어떤 프로그램에서 한국인과 결혼하여 한국에 정착하고 사는 빈센트 아저씨가 인상적이었습니다. 내가 본 풍경은 그의 생일날의 풍경이었습니다. 그는 먹은 맘 없이 만날 수 있는 친구 대여섯을 초대해서 직접 음식을 차려냈습니다. 생일날, 선물 받기보다 선물하기를 선택한 셈입니다. 화려한 음식이라기보다 정성이 담긴 음식을 대접하는 빈센트에게는 삶의 여유가 보입니다. 그는 집에서는 아내와 함께 분갈이를 하는 남편이기도 했습니다. 살아온 날들에 대한, 함께 사는 사람에 대한 감사 없이는 그런 여유가 나오지 않습니다. 살면서 얼마나 단단해지고 자신감이 붙었는지 보여주는 장면이기도 했습니다.

직접 자기 방 청소를 해보지요. 환절기도 됐으니 옷장 정리도 해보고요. 온종일 청소만 해보는 것도 좋습니다! 그러면 그 허드렛일이 허드렛일이 아니라 있는 그대로의 나의 실존을 받아들이게 만드는 수행임을 알게 됩니다. 소위 빛이 나지 않은 '허드렛일'과 친해져야 진짜 아름다운 것이 보입니다. 세계적인 영성가 안셀름 그륀은 이렇게 말했습니다.

"인생의 가을에는 아름다운 것을 보고 즐기는 일이 중요하다. 업적을 쌓는 대신 그냥 존재하는 것만으로도 족하다."

발에
입을 맞춘다는 것은

베드로 성당, 아름다운 성당입니다. 너무나 아름다운 것이 그렇듯이 너무나 많은 인파를 불러 조용히 있기 힘든 성당이기도 합니다. 그래서 더 알려고도 안 했던 것 같네요. 거기 베드로가 영험하다는 사실을. 베드로 상의 발에 입을 맞추고 기도하면 소원이 이루어진다면서요?

생각해보면, '영험'을 내세우지 않더라도 수많은 인파가 들끓는 곳에서 조용히 자기를 성찰할 수 있는 사람의 소원은 이루어질 수밖에 없는 것일지도 모르겠습니다. 거기에서 기도하는 김정숙 여사의 사진이 정갈하니 시선을 끕니다. 성자의 발에 입을 맞추면서 그녀는 무엇을 빌었을까요? 거기에 서면 나는 무엇을 빌게 될까요? 당신이라면?

물론 기원은 함부로 발설해서는 안 됩니다. 대부분은 그런 걸 비느냐고 비웃을 테니. '나'에게 간절한 것이 '나'를 떠난 이에게는 한심한 것, 단순히 기복일 수 있습니다. 하지만 빈다는 것은 그것이 기복에서 시작했어도 기복으로 끝나지 않습니다. 빌다 보면, 간절히 빌다 보면 기원하는 사람도, 기원도 내용도 스스로 정화되니까요.

공부 잘한다고 소문난 고3 아이를 둔 친구가 한 말이 재미있습니다.

"'비나이다, 비나이다'밖에 할 게 없어. 결국엔 '운'이 있어야 함을 깨닫는 게 지금의 우리나라 대학 입시거든. 운에 기댄다는 것이 한심하지만, 어쩌겠니? 내가 지금 그 깜깜한 터널에 들어와 있는데! 아무것도 해줄 게 없어. 그러니 비는 거야."

많은 것을 해주고 있는 엄마가 아무것도 해줄 게 없다고 해서 속으로 웃었습니다. 이해가 되니까요. 마음이 가지 않은 곳에서는 돈 만 원을 내고도 생색이지만, 마음이 가면 주고 또 주어도 아무것도 준 것이 없다고 믿게 되지요? 비나이다, 비나이다, 하는 그

힘으로 아이의 짐, 아이의 고뇌를 이해해서 이성적으로는 이해하기 힘든 아이의 불안과 화를 받아주게 됩니다. 기도하는 사람은 그 '한심한 것' '사소한 것'을 품고 품으며 생은 사소한 것들의 징검다리로 이루어진 신비의 꿈임을 배우게 되는 것 아닐까요?

입시가 가까워지면 교회에 가든, 절에 가든 비나이다, 비나이다, 하는 부모들이 많아지지요? 예전에는 그런 행위를 천박한 기복이라 비웃었는데, 이제는 비웃을 수가 없습니다. 복이야말로 삶의 중요한 힘임을 느끼고 있으니까요. 아무리 잘나도 복이 붙지 않으면 삶이 얼마나 힘들어지는 아는 자는 겸손할 수밖에 없습니다.

베드로의 발에 입을 맞추고 기도하는 김정숙 여사의 사진을 오랫동안 들여다보았습니다. 나도 그렇게 해보고 싶은 것이지요? 어떻게 입을 맞추는지 궁금해서 동영상이 있었으면 좋겠다는 생각까지 했습니다. 그런데 왜 발에 입을 맞출까요? 거기에는 신화적 의미가 있는 것 같습니다. 미얀마에 갔더니 거기 사람들은 부처님 발에 입을 맞추고 기도를 하고 있었습니다. 그 경건한 행위가 인상적이어서 나는 발에 입을 맞추는 사람들에게서 눈을 뗄 수가 없었습니다.

눈을 맞추는 것도 아니고, 입을 맞추는 것도 아니고, 발에 입을 맞춘다는 것. 그것도 가장 낮은 발에, 입을 맞춘다는 것은 더 이상

눈을 맞추는 것도 아니고,
입을 맞추는 것도 아니고 발에 입을 맞춘다는 것.
그것도 가장 낮은 발에, 입을 맞춘다는 것은
더 이상 낮아질 수 없다는 뜻이겠습니다.
가장 낮은 마음,
마음의 깊고 깊은 바닥 자리에서 올라오는 소원은
나도 모르는 사이에 품고 있었던
내 마음의 빛일지도 모릅니다.

프란시스코 데 수르바란, 〈명상하는 성 프란체스코〉

낮아질 수 없다는 뜻이겠습니다. 가장 낮은 마음, 마음의 깊고 깊은 바닥 자리에서 올라오는 소원은 나도 모르는 사이에 품고 있었던 내 마음의 빛일지도 모릅니다.

사람들이 발에 입을 맞추는 그 자리에 앉아 사람들의 소원을 듣는 성자 베드로는 예수를 사랑한 제자, 부활한 예수가 "나의 양을 먹이라"고 했던 바로 그 제자입니다. 그런데 아시나요? 베드로는 예수를 배신한 적이 있는 제자라는 사실을.

예수의 수제자로서 베드로는 스승을 위해서라면 목숨까지도 바칠 것이라고 맹세합니다. 원래 맹세라는 게 믿을 게 못 되는 장담인 경우가 종종 있지요? 거짓 맹세를 하기 때문이 아니라 평화로울 때 하는 '장담'이 그만큼 허술한 것입니다. 오죽하면 한용운이 황금의 꽃같이 굳고 빛나던 맹세도 차디찬 티끌이 되어 한숨의 미풍에 날아간다 하겠습니까?

스승을 위해서라면 목숨까지도 바칠 거라 맹세하는 베드로에게 예수는 "닭이 울기 전 네가 나를 세 번이나 부인하게 될 것"이라고 예언합니다. 베드로는 펄쩍 뛰었지만 베드로는 스승 예수가 잡히던 날 밤에 예수 일당으로 찍히는 것이 두려워 닭이 울기 전 자기 스승 예수를 세 번이나 부인합니다.

예수는 왜 그런 예언을 한 것일까요? 예수의 예언은, 베드로 너는 겨우 그런 존재라고 각인하는 것도 아닐 것이고요, 베드로에 대한 예수의 불신을 드러낸 것도 아닐 것입니다. 예언의 능력을 자랑하는 것은 더더욱 아니겠지요.

때때로 '나'에 대한 '나'의 확신은 믿을 것이 못 되지 않나요? 자신에 대해 우리는 대부분 무지하고 무식합니다. 왜 '너 자신을 알라'라는 소크라테스의 문장이 최고의 지혜 문장이겠습니까? 베드로를 향한 예수의 예언은 사랑한다면서 사랑도 모르고 자기도 몰랐던, 힘없는 '나'를 대면하게 하는 스승의 일갈입니다.

베드로의 입장에서 생각해보면, 얼마나 기막힐까요. 목숨을 바쳐도 아깝지 않겠다 믿었던 그런 스승을 두려움 때문에 부인했으니. 연약하고 비겁한 자기 민낯을 대면하고 부끄러움으로 만신창이가 된 것입니다. 복음서 기자는 베드로가 '몹시 울었다, 비통하게 울었다'라고 쓰고 있습니다. 그럴 것입니다. 그때 비로소 자기를 꿰뚫어보았던 스승의 말씀이 몹시도 사무쳤을 테니.

비통하게 울어보셨나요? 때때로 울음은 스스로도 놀랄 돌발적인 언어이자 최고의 기도입니다. 눈물이 흐르려 할 때는 울어서 눈물길을 내주어야 합니다. 답답한 것, 막힌 것, 감추어져 있던 것이 물이 되어 흐르고 흐르도록. 그 정화의 힘으로 다시 태어나는

외젠 뷔르낭, 〈예수의 무덤으로 달려가는 제자 베드로와 요한〉

것이지요. 그것이 참회고 회심입니다.

참회 혹은 회심은 삶을 완전히 바꿉니다. 그런데 어떻게 참회가, 회심이, 가능할까요? 그것은 지적질로 이루어지지 않지요? 권고로도 되는 것이 아닙니다. 열정적 사랑까지도 참회를 이끌어내지는 못합니다. 참회는 이성적인 것도 아니고 감성적인 것도 아니며 노력해서 되는 것도 아닙니다. 어느 순간 생이 자극되어 안에서부터 맺힌 것이 터져 나온 그 자리에서 코페르니쿠스적 참회가 이루어지는 것입니다.

언제나 든든한 울타리인 줄 알았던 스승은 십자가에 달려 돌아가셨습니다. 그런데 그 스승을 부끄러워했던 부끄러운 자기만 덩그렇게 남은 것이지요? 얼마나 막막하고 얼마나 절망적이겠습니까? 자신에 대한 엄청난 실망감에 감당하지 못할 상실감이 쓰나미처럼 덮쳤겠지요.

그런데 비통하게 우는 참회의 시간, 자기 정화의 시간이 베드로를 바꿉니다. 베드로는 반석이라는 뜻이지요? 베드로는 허물이 없어서 반석인 것이 아니라 참회 혹은 회심을 통해 허물을 벗었기 때문에 반석입니다.

태양의 아이들

물과 햇빛은 우열을 가릴 수 없는 생명의 양식입니다. 그런데 식물을 키우다 보면 식물에 따라 특성이 있음을 알게 됩니다. 물을 좋아하는 아이들이 있고, 햇빛을 좋아하는 아이들이 있습니다. 그 특성을 배려하지 않고 고르게 물을 주면 햇빛을 좋아하는 아이들의 뿌리는 썩고, 햇빛을 잘 받으라고 모두 빛 좋은 창가에 내다 놓으면 물 좋아하는 아이들은 시들시들 마릅니다.

내가 식물이라면 아마 나는 햇빛을 좋아하는 아이였을 것입니다. 햇빛 좋은 날, 나는 문득문득 박두진 선생의 〈해〉를 중얼거립니다. "해야, 고운 해야, 늬가 오면, 늬가사 오면,/ 나는 나는 청산이 좋아라./ 훨훨훨 깃을 치는 청산이 좋아라,/ 청산이 있으면 홀로래도 좋아라."

햇살의 사랑을 받는 청산은 그 무엇보다도 평화롭습니다. 특히 겨울 햇살은 어머니의 사랑처럼 따뜻하고 연인의 사랑보다 감미롭습니다.

태양과 사랑에 빠져서 방학만 되면 완도 바닷가 오두막집으로 내려가는 선생님이 있었습니다. 서울에서는 늦게 자고 늦게 일어나는데, 완도 오두막집에서는 떠오르는 태양을 보기 위해 일찍 자고 일찍 일어나게 된다고 했습니다. 태양이 이렇게 가슴 설레게 만드는 존재인 줄 예전에는 미처 몰랐다며 만날 때마다 태양 찬가를 부르셨지요.

니체를 대표하는 책 《차라투스트라는 이렇게 말했다》도 바로 그 태양 찬가에서 시작합니다. 동굴 수행을 마치고 동굴 밖으로 걸어 나온 차라투스트라는 태양을 향해 이런 축복의 말을 던집니다. "우리는 아침마다 너를 기다렸고, 너의 그 넘치는 풍요를 받아들이고는 그에 감사하며 너를 축복해왔다."

나이 들어갈수록 태양에 대한 감수성이 생기는 것 같습니다. 사춘기 시절 멋모르고 좋아했던 박두진 선생의 〈해〉의 멋을 알게 되

어둠을 살라 먹고 솟아오르는 해는
그 넘치는 풍요로 만물을 비춥니다.
청산을 비추고, 너를 비추고,
'나'를 비추며 마침내 내 눈이 됩니다.
차라투스트라가 대단한 것은
그의 태양 찬가가 고개 숙인 감사의 노래가 아니라,
태양을 향한 당당한 축복의 노래라는 점에 있습니다.

호아킨 소로야, 〈해변을 따라 달리다〉

는 것입니다. "해야 솟아라. 해야 솟아라./ 말갛게 씻긴 얼굴 고운 해야 솟아라./ 산 넘어 산 넘어서 어둠을 살라 먹고,/ 산 넘어 산 넘어 밤새도록 어둠을 살라 먹고,/ 이글이글 앳된 얼굴 고운 해야 솟아라."

어둠을 살라 먹고 솟아오르는 해는 그 넘치는 풍요로 만물을 비춥니다. 청산을 비추고, 너를 비추고, '나'를 비추며 마침내 내 눈이 됩니다. 차라투스트라가 대단한 것은 그의 태양 찬가가 고개 숙인 감사의 노래가 아니라 태양을 향한 당당한 축복의 노래라는 점에 있습니다. 태양을 향해 차라투스트라는 이렇게 말했습니다. "너는 지난 10년 동안 여기 내 동굴을 찾아 올라와 비추어주었다. 나, 그리고 나의 독수리와 뱀이 없었더라면 너는 분명히 너의 빛과, 그 빛의 여정에 지쳐 있으리라."

빛을 비추어주어서 감사하다고 기도하는 것이 아니지요? 빛을 받는 우리가 없었더라면 너의 빛의 여정이 얼마나 힘이 빠졌겠느냐는, '나'의 긍정의 노래, 우리의 노래입니다. 소심하게 감사하고, 소심하게 안달하며, 얄팍하게 살아가는 우리네 삶에 빛처럼 찾아 들어 그 얄팍함과 소심함을 단박에 거두어가는 느낌입니다.

〈해〉에 개인적으로 살짝 걸렸던 부분이 있습니다. "달밤이 싫여, 달밤이 싫여,/ 눈물 같은 골짜기에 달밤이 싫여,/ 아무도 없는 뜰에 달밤이 나는 싫여."

왜 그는 달밤을 싫다고 했을까요. 시인이 살아온 엄중했던 일제 강점기를 떠올리면 이해되지 않을 것도 없지만 어둠과 빛, 눈물 같은 골짜기의 달밤과 해가 비추는 청산의 대립은 어쩌면 어두움에 대한 두려움에 기인한 것은 아닐는지요. 어둠은 두려움의 대상이라기보다 궁극에서는 이글이글 타오르는 해의 양분이지 않을까요?

어둠을 살라 먹고 말갛게 씻긴 얼굴로 떠올라 넘치는 풍요를 나누어주는 태양과, 자연스럽게 그 풍요의 빛을 받아들이는 태양의 아이들은 둘이 아닙니다. 햇빛의 사랑을 충분히 받아 마침내 태양을 축복하게 된 존재는 태양을 닮습니다. 태양을 닮아 차라투스트라처럼 저 아래 산 아래로, 심연으로 내려가 그 빛을 나누어주고자 합니다.

솟아오르는 태양을 만나 풍요로운 햇빛을 받으시길. 그리고 그 받은 풍요를 나누어주는 삶을 사시길.

에필로그

아모르파티와 니체의 차라투스트라

운명과 운명애

아모르파티Amor fati는 니체 철학의 핵심 개념입니다. 운명애運命愛, 운명에 대한 사랑입니다.

운명, 참 무서운 단어지요? '나'의 통제를 벗어나 있으니까요. 머리가 좋다고, 가진 것이 많다고, 혹은 믿음이 좋다고 통제할 수 있는 것이 아닙니다, 운명은. 통제할 수 있거나, 추구할 수 있거나 저항할 수 있는 것은 운명이라 부르지 않습니다. 어느 날 우연의 모습을 하고 내 앞에 나타나 '나'를 덮치고 '나'를 삼키는 것, 그것이 운명입니다. 평생의 스승 실레노스의 동굴에서 다시 태어나기까지 갈기갈기 찢긴 채 고통의 시간을 경험해야 했던 신 디오니소스를 상기해보십시오. 누가 그렇게 삶이 찢겨나가는 고통을 원했겠습니까?

20세기에 그 디오니소스를 부활시킨 니체는 《이 사람을 보라》에서 십자가에 못 박힌 자와 자신을 대립시키고 있습니다. 그의 운명은 갈기갈기 찢긴 채 고통의 시간을 통과해야 하는 디오니소스였습니다. 세상이 두 쪽 나는 것 같은 산고 끝에 마침내 태어난 아이를 사랑하고 아끼는 산모처럼 '나'를 온통 뒤흔들며 미친 채로 방랑할 수밖에 없었던 그 경험을 받아들이게 되는 날, 그때 운명은 운명애가 됩니다.

운명적인 인물, 니체의 차라투스트라

《이 사람을 보라》에서 니체는 "운명애는 내 가장 내적인 본성"이라고 말하고 있습니다. 그렇게 운명적인 인물이 있지요? 자신 속의 혼돈에서 잉태된 낯설고 고통스러운 꿈을 대면해야만 했던 인물, 그리하여 왜 나는 하나의 운명인지, 하고 속울음을 울어야 했던 인물! 니체가 그랬습니다. 예언하고 싶지 않았으나 뼛속에서 올라오는 신의 소리를 거부할 수 없었던 선지자 예레미아처럼 니체도 그 자신의 예언자적 운명을 거부하지 못했던 것 같습니다.

그는 차라투스트라가 자신을 엄습했다고 말하니까요. 그러니까 《차라투스트라는 이렇게 말했다》는 그를 엄습한 무의식의 언어, 차라투스트라의 노래입니다. 니체는 차라투스트라의 창조자가 아니라 증인인 것이지요. 차라투스트라는 이렇게 말했습니다. "내 안에는 진정되지 않은 어떤 것, 진정시킬 수 없는 그 무엇이 있다. 때가 되니 그 또한 소리 높이 외친다."

산에서 홀로 살며 무소의 뿔처럼 혼자서 가며, 긍지 높은 독수리와 흙을 먹는 뱀과 함께 태양을 벗 삼은 차라투스트라를 느끼는 사람은 《안티크리스트》 서문에서 니체가 말했듯 자신에 대한 존중, 자신에 대한 사랑, 자신에 대한 무조건적인 자유가 중요한, 소수의 사람들입니다. 차라투스트라는 심연입니다. 누구는 거기 들여다보는 일을 엄두조차 내지 못하고 누구는 들여다보는 일을 두려워합니다. 누구는 거기에 빠집니다. 고립과 고통 속에서 스스로의 의지로 "가장 깊은 심연까지 내려갈 수 있는 영혼"만이 거기서 자기를 따라잡으며 융이 말했던 빛나는 어둠을 봅니다. 그들이 바로 심장의 소리에 따라 노래하고 심장의 박동에 맞추어 춤출 줄 아는 대지의 아이들입니다. 차라투스트라는 이렇게 말했습니다. "나는 사랑하노라. 자유로운 정신과 자유로운 심장을 지니고 있는 자를. 그런 자의 머리, 그것은 심장에 깃들여 있는 오장육

부에 불과하다."

우연과 필연의 회귀

니체가 그렇듯 자신의 운명을 발견하고 있는 자는 우연적 사건들이 그 운명과 어떻게 연결되어 있는지를 인지하기 때문에 비탄 속에서도 빛을 잃지 않습니다. 니체는《차라투스트라는 이렇게 말했다》 3부, 〈일곱 개의 봉인〉에서 이렇게 쓰고 있습니다. "아직도 우연이라는 것들을 강요하여 별의 윤무를 추도록 하는 저 천상의 필연이라는 것으로부터 한 줄기 숨결이 나에게 다가왔더라면…… 오, 내 어찌 영원을, 반지 가운데서 결혼반지인 회귀의 반지를 열망하지 않을 수 있으리오."

우연과 필연은 회귀의 반지입니다. 둘이 아닌 것이지요. 그가 춘 별의 윤무는 고통을 대가로 요구하고 다른 한편에서는 고통을 두려워하지 않고 기꺼이 수용하는 힘을 주는 것 같습니다. 한때 니체가 살로메와 사랑한 사실은 유명하지요? 니체는 살로메의 〈생의 찬가〉를 좋아했습니다.

신비에 가득 찬 생이여, 나는 당신을 사랑합니다.

벗이 그의 친구를 사랑하듯이.
몇천 년을 사색하고 생을 누리기 위해
그 두 팔로 힘껏 껴안아주십시오.
이제 더 주실 행복이 없다면 당신의 고통을 주십시오.

《이 사람을 보라》에서 니체가 살로메가 쓴 〈생의 찬가〉를 '경탄스러운 영감'으로 평가하는 이유는 바로 고통을 삶의 대립하는 것으로서가 아니라 삶으로 수용하는 태도 때문일 것입니다. 니체는 커다란 고통이야말로 정신의 최종적인 해방자라고 말하고 있습니다.

고통을 감수할 수 없는 사람은 진정한 행복을 누릴 수 없습니다. 슬픔을 수용하지 못하는 사람은 진정으로 기뻐할 줄 모릅니다. 행복과 불행, 기쁨과 슬픔, 상승과 몰락은 뫼비우스의 띠처럼 연결된 회귀의 반지입니다. 광기와 이성, 밤과 낮, 악과 선, 여성적인 것과 남성적인 것, 고통과 행복, 안전과 모험, 모든 대립하는 것은 서로를 거쳐 자기가 됩니다. 운명애는 바로 그 회귀의 반지를 낄 줄 아는 이에게만 찾아오는 존재의 이유입니다.

아모르파티

초판 1쇄 인쇄일 | 2020년 10월 23일
초판 1쇄 발행일 | 2020년 10월 30일

지은이 | 이주향
펴낸이 | 신난향
편집위원 | 박영배
펴낸곳 | (주)맥스교육(맥스미디어)
출판등록 | 2011년 08월 17일(제321-2011-000157호)
주소 | 서울특별시 서초구 마방로2길 9, 보광빌딩 5층
전화 | 02-589-5133(대표전화)　　팩스 | 02-589-5088
홈페이지 | www.maxedu.co.kr

편집 | 임채혁
디자인 | 유지현
영업 · 마케팅 | 백민열
경영지원 | 장주열

ISBN 979-11-5571-719-6 03810

* 이 도서의 국립중앙도서관 출판예정도서목록(CIP)은 서지정보유통지원시스템 홈페이지(http://seoji.nl.go.kr)와 국가자료공동목록시스템(http://www.nl.go.kr/kolisnet)에서 이용하실 수 있습니다.(CIP제어번호: CIP2020041084)
* 잘못된 책은 구입처에서 교환해드립니다.